KB077619

짠– 하고 싶은 날에

짠- 하고 싶은 날에

2016년 8월 25일 초판 1쇄 발행
2016년 12월 6일 초판 9쇄 발행

지은이 이지은, 이지영

펴낸이 정해종
마케팅 심규완, 김명래, 권금숙, 양봉호, 최의범, 임지윤, 조히라
책임편집 이한아, 이기웅, 김새미나
경영지원 김현우, 강신우

펴낸곳 박하
출판신고 2016년 5월 20일 제406-2016-000066호
주소 경기도 파주시 회동길 337-16 3층
전화 031-955-9912 (9913)
팩스 031-955-9914
이메일 bakha@bakha.kr

ISBN 979-11-958230-3-1 (03810)

· 이 책의 국립중앙도서관 출판시도서목록은
서지정보유통지원시스템 홈페이지(http://seoji.nl.go.k)와
국가자료공동목록시스템(http://www.nl.go.kr/kolisnet)에서
이용하실 수 있습니다.(CIP제어번호: 2016019050)
· 책값은 뒤표지에 있습니다.

BAKHA PUBLISHERS

prologue

언젠가 즐겨 듣던 음악을
우연히 마주하게 되었을 때처럼,
익숙한 향기가 문득 스쳐갔을 때처럼,
기억을 품고 있는 장소에
무심코 닿았을 때처럼,

여느 때와 다름없던 날들을
열심히 살아가던 중
우연히, 문득, 무심코,
멈춰서고 돌아보게 하던
그 순간들을 기억하나요?

그 찰나로 인해
특별해지고 소중해지다,
기어코 그리워지던
당신의 그 어떤 어제와 또 오늘.

사실 나의 대단치 못한 이야기보다
당신의 이야기가 더 듣고 싶고 궁금한

오늘은 정말이지 당신과
짠을 나누고 싶은 날이네요.

– 당연한 말이 당연하게 필요한 시간에
이지은 이지영

차례

part1. 나는 당신의 사람

Part2. 아름답게 서툰 우리를 위해

part3. 사랑, 누구에게나 허락된 감정

part4. 어른이들의 과제

part1.

나는 당신의 사람

PART1
나는 당신의 사람

참 그래야만 하는 말

친구가 불쑥 건네 왔던 말,

"우리 서로 더 아끼며 살자."

참 쑥스러운 말이었지만
참 그래야만 하는 말.

당신 곁의 사람들,
잘 아껴주고 있는지.
그래서 당신 역시
아낌 받고 있는지.

여전히 우리는 딱 그런 사이

내가 요즘 카페에서 일하고 있잖아. 몰랐다고? 에이, 괜찮아, 사실 나도 네가 무슨 일을 하는지 잘 모르니까. 우리 학교 다닐 때 말이야. 내가 학교 기숙사에 딸려있던 카페에서 아르바이트 했던 건 기억하지? 맞아, 우리 아지트 같은 곳이었잖아. 시간이 많이 흐른 후라서 없어졌으려나 했는데 이름만 바뀌었지, 그대로더라고. 오래 있어도 눈치 볼일 없다며 네가 좋아하던 깊숙한 안쪽 자리도, 잘 나오지 않는 펜으로 꾹꾹 그려 넣은 낙서들도.

커피를 한잔 주문하고, 직업병이 도져서 어떻게 만드나 유심히 살펴봤어. 새침하고 예쁘게 생긴 어린 친구들이 커피는 아주 엉망으로 내리더라고. 못마땅했지만 내색하지는 않았어. 그런데 웬걸. 무심코 마신 한 모금에 가슴이 뭉클한 거야. 쓰디 쓰기만 한데, 뭔가 많은 걸 기억하고 있는 그런 맛, 그런 향 있잖아. 아마 내가 그 시절에 내린 커피도 이랬었겠지?

"애들아! 동욱이 왔어!"
들뜬 목소리와 함께 문이 벌컥 열렸어. 문 끄트머리의 작은 종들이 화들짝 놀란 듯 땡그랑거렸지만 그보다도 요란스럽던 건 동욱이라는 아이의 등장을 반기는 그의 친구들이었어. 머리가 짧고 그을린 피부의 그 아이는 군대에서 휴가를 나왔나 봐. 살이 좀 찐 것 같다며, 군대생활 편한가 보다라며, 짓궂은 이야기들을 주고받는 그 소란스러운 풍경이 왠지 정겨웠어.

"내년 이맘때쯤이면 우린 또 같이 동아리 방에 누워서 치킨이나 뜯고 있겠지. 하하하하, 안 봐도 뻔하다 정말."
그 중 한명이 정말 대단치 못하다는 듯 웃었어. 아마 그들은 모르겠지. 함께 있을 수 있다는 게 당연한 시간은 사실 그리 길지 않다는 것, 그러니 그날들을 조금은 더 대단히 여겨도 좋다는 것을.
너도 알다시피 졸업한 이후로는 친구들을 만나는 것도, 다 같이 모이는 것 역시 쉬운 일이 아니잖아. 괜히 부러워졌나 봐. 별거 아닌 이야기에 눈가가 붉어지고 코끝이 시큰해진 거야. 참 주책 맞지.

애써 시선을 돌린 곳에는 여학생 둘이 토론을 펼치는 듯했어. 어떤 국가적 중대 사안을 결정하는 것만큼이나 진지하고 심각한 표정이 귀엽더라. 그 중 한 아이가 이야기했어.
"참 마음을 알 수 없어 답답했는데, 이것 봐. 나한테 이렇게 길게 편지를 써줬다니까."
"근데 걔가 저번에 너한테 어떻게 했는지 알잖아? 그 편지가 진심이 아닐 수도 있어."
"진심이든 아니든 지금은 상관없어."
"정말?"
"그냥 지금은 고맙다는 생각만 들어서. 나를 의지해준 거잖아, 그거면 되거든."
언젠가 마음을 다치게 되더라도 좋대. 의지해주는 게 마냥 고맙대. 저렇게 여린 얼굴을 한 친구가 어쩜 그리도 용감하고 씩씩할 수 있을까? 나도 언젠가는 겁없이 사람을 만났던 때가 있었는데 말이야. '사람으로 가득했던 하루'라 뿌듯해하면서. 지금? 지금은 글쎄, 하하하.

벅찬 순간들을 건네주었던 청춘이, 우리에게 머물던 그 시간이, 이제는 너와 내가 아닌 새로운 주인공들과 함께 또 다른 이야기를 시작하나 봐. 잃어버린 게 무엇인지도, 되찾을 수는 없다는 건 더욱 잘 알면서도 괜스레 억울해지고 서러워질 때쯤엔 어김없이 너와의 시간들을 떠올려.

기억나? 우리 만나던 날이면 편의점 파라솔 아래 캄캄한 밤하늘 구경에 맥주 한 캔으로도 부족함이 없었지. 사실 그 밤하늘은 잘 기억나지도 않아. 밤하늘의 별보다도 달보다도 경이로웠던 건 너의 붉어진 얼굴, 그리고 그 앞에 웃느라 정신없던 나였으니까. 그러든 말든 지구는 쉼 없이 돌고 또 돌았어. 그 반복 속에 이제는 이름도 모를 누군가에게 우리의 낭만 어린 날들을 넘겨주고야 만 거야. 그러나 나는 믿고 있어. 우리는 변했더라도 우리 사이의 간격은 조금도 변하지 않았다는 걸. 적어도 다시 마주하는 밤, 서로의 눈동자 속에서라면.

안 봐도 함께할 게 뻔한 사이, 때로는 서로에게 상처를 주었더라도 다시금 기대오는 온기가 다정한 사이,

여전히 우리는 딱 그런 사이인거지?

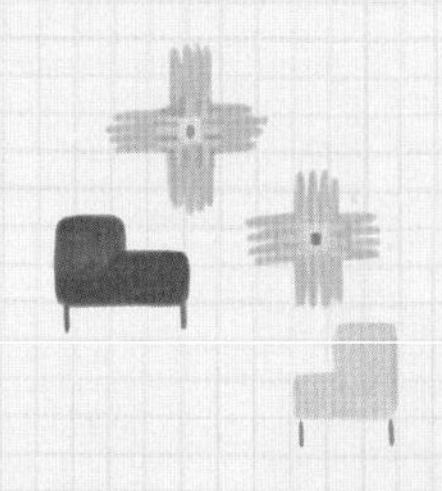

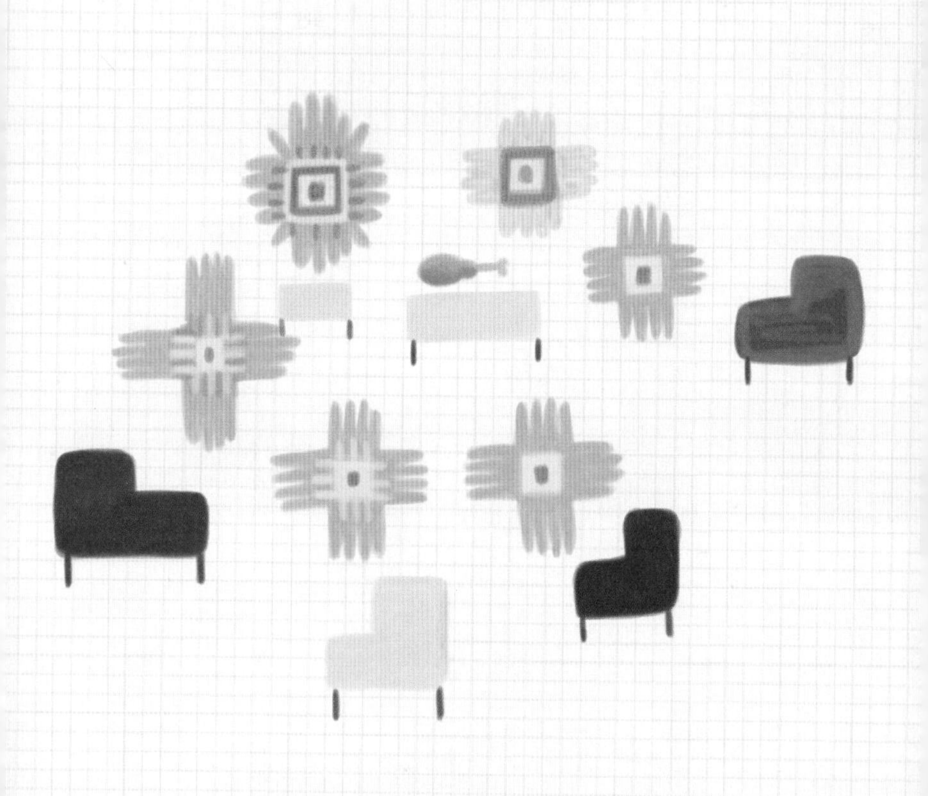

사소한 시작

기분 좋은 인사와
메일 속 활자에 담긴 가벼운 칭찬
밥은 잘 먹고 다니느냐는 안부
살짝 다듬기만 한 머리도 알아봐주는 관심

누군가에게
더 좋은 사람이 되고 싶다고
다짐하게 되는 순간들은

사실, 굉장히 사소한 것으로부터 시작한다.

별거 아닌 어려운 일

고마워
미안해
보고 싶어

표현하기에 어색한 나이가 되어버렸다,
느낄 땐 눈을 질끈 감고

고마워
미안해
보고 싶어

내뱉어 버리면 된다.

고민할 것 하나 없이
그 후의 일은
상대방에게 맡긴 채로.

오늘의 수다

직장, 연봉, 결혼
이런 이야기 말고
좀 더 일상적인 수다가
때로는 그리운 날이 있어.

오늘은 뭘 먹었는지
너의 하늘은 어땠는지
거리의 누군가 때문에 속상한,

그런 일은 없었는지.

결국 보이고만 약한 모습에
무겁게 기대버린 마음에
미안해, 뱉어낸 말 앞에

그만큼 내가 의지가 되는 거니까, 라며
그 무거운 짐을
오히려 고맙다, 해주는 사람.

혹시
곁에 없다면,
먼저 되어주세요.

그런 사람이 있었으면 좋겠다

마음 울적한 날엔
전화 한 통 걸어주는
사람이 있었으면 좋겠다.

나에게 기쁜 일이 생기면
나보다 더 행복하게 웃어주는
사람이 있었으면 좋겠다.

꼬치꼬치 묻지 않아도
몸짓과 표정으로 공감을 이룰 수 있는
말없이 있어도 편안하고, 오가는 대화는 정겨운
그런 사람이 있었으면 참 좋겠다.

내가 이렇듯
당신도 그렇지 않을까.

그래서 내가 먼저 당신의
'그런 사람'이 되어볼까 하는데.

〈HER〉
외롭고 공허한 삶을 살아가던 남자 주인공이 인공지능 운영체제인 '사만다'와 사랑에 빠지는 내용의 영화

그래그래

오랜만에 함께한 자리에서
당신의 누군가가 유난히 흐트러지거나,
후두둑 눈물을 떨구고 만다면
당황하지 말고 그냥 그렇게 두세요.

이 세상 살아가느라 감춰둬야 했던 자신을,
차마 지키지 못했던 감정들을
당신 앞이라 내어놓을 수 있던 거니까.

울지 말라고, 그만 두라고 하지 말아요.

당신 앞에서까지 참아내면
그는 어디에서 자기 자신을 마주할 수 있을까요.

그래 울어라,
그 말이 어렵다면

그냥 묵묵히 그 곁에 있어주세요.
그것만으로도 그는 곧 멋쩍은 듯 웃으며
고맙다, 당신에게 말하고는
또 다시 세상을 살아갈 힘을 얻을 테니까요.

자신의 감정을 소중히 지키려는 순간,
당당한 주체로 거듭나게 될 테니까.
-《감정수업》 중에서-

운세보다
더 믿어야 하는 것

때때로 사람들이
점이며 사주를 기어코 보고야 마는 이유는
단순히 미래가 궁금한 연유도 있겠지만

우연이든 필연이든, 나쁜 일이 닥칠 때
누군가를 원망하거나 자신을 비난하기 대신
나빴던 운세 탓을 하며 원래 그렇다, 하고
담담히 여길 수 있어서가 아닐까.

운세에 따르자면
당연하게 온 악재이니
지나갈 것 역시 당연해지니까.

하지만
혹시라도 못된 심보의 점술가가
당신에게 견디기 힘든 점괘라도 던지거든
그때는 기억하길.

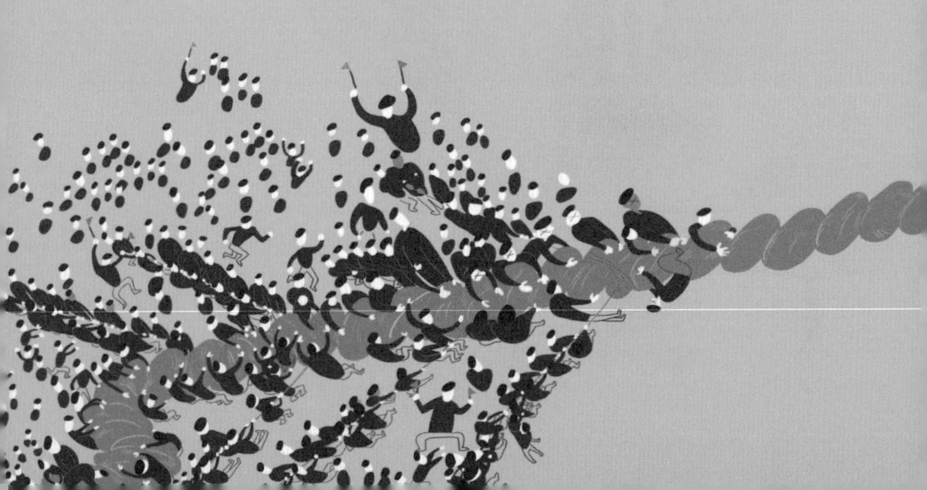

하늘에서 운명이니 팔자니
자꾸만 힘겨운 시련들을 이곳에 던진다 해도,

당신이 당신 힘으로
이 땅 위에서 만난 사람들이 언제나 곁에 있어서
걱정할 필요가 없다는 것을.

운명이(사실은 그 못돼먹은 점술가가) 당신을 버린다면
그보다 강한 당신 곁의 사람들을 믿기를.

외국산 슈퍼히어로 vs
국산 오지랖

나 스스로를 돌볼 여유도 없으면서
네가 자빠져 있는 꼴은 못 보겠어.

일으켜주기엔 힘이 부칠 때면
그냥 같이 자빠져 있기라도 해야 마음이 편해.

나는 슈퍼 히어로가 아니지만
너 역시 슈퍼 히어로가 아니란 게
너무나도 걱정이 되어서

차라리 오지랖을 한껏 발휘해
그냥 같이 자빠져 있을게.

힘든 시간 속에
네가 혼자인 건 싫으니까.

환절기 특별 선물

사랑하는 동료에 대한 마음을 표현하는 데에는
두둑한 축의금이나 부조금만한 게 없다지만

요즘 같은 세상에 축하할 일은 드물고
부조할 일을 기다리는 건 말도 안 되고
가장 중요한 건 너무나 가벼운 주머니 사정.

그럴 때는 따끈한 마음 담아 차 한잔 어때요?

봄마다 가을마다 빠짐없이 돌아오는 환절기에
감기 조심하라며 건네는 따끈따끈한 다정함.

진심의 온기가 가득한 당신이 건네는 거라면
마음 녹지 않는 사람,
없을 것 같은데.

목차

"저 사람 보는 눈 있어요."
이런 이야기를 좋아하지 않아요.

그 짧은 문장에
얼마나 강하고 깊은 편견이 서려 있는지요.

그 어떤 책도 목차만으로는
다 읽었다 할 수 없는 것인데

수 백 페이지로는 채 정리되질 못할
당신과 나의 삶은 어련할까요.

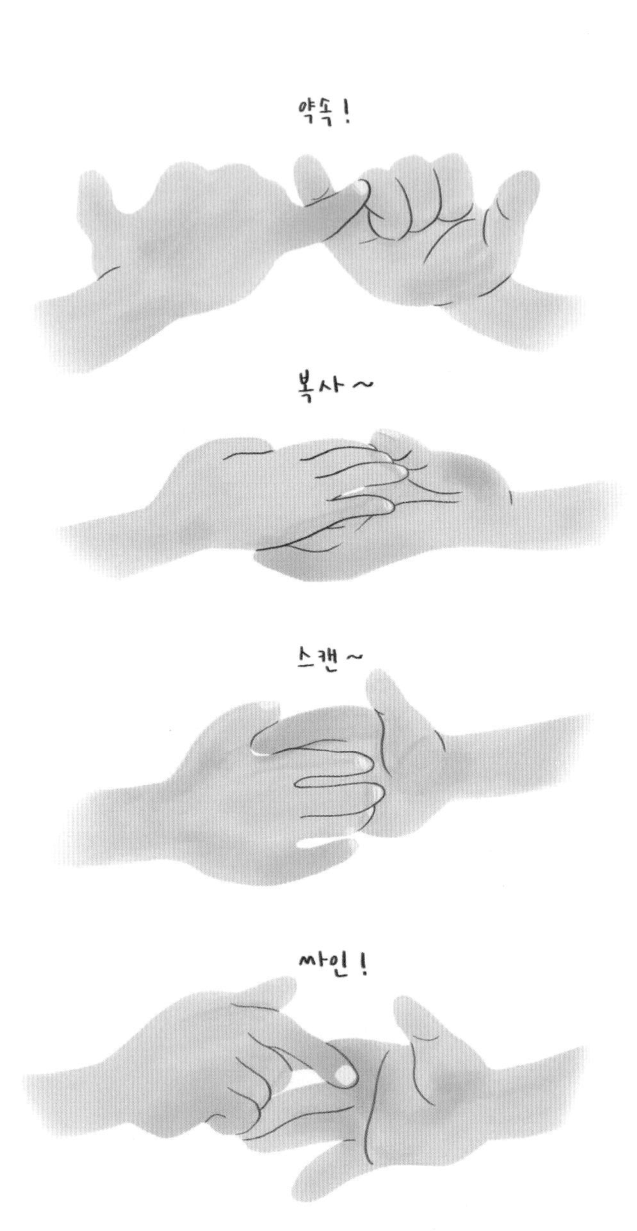

어느 계약서보다 믿었던.

정말 마지막이야

도대체 몇 번째야,
아직도 내가 믿을 것 같니?
누굴 바보로 아나.
하, 기가차서 정말.

새끼손가락만 걸었잖아, 너.
빨리 도장도 찍든가!

또 속을 걸 알면서도
한 번 더 믿어주는 것.

그게 우리 사는 이야기.

한 번 더 믿어주는 것의 범위는
돈, 법, 정치 등 머리 아픈 모든 것들은 제외합니다.

쓸모 있는 고민

자신이 저지른 실수 앞에
철렁 내려앉은 가슴으로
당황하지 않을 수 있는 사람은 없죠.

그리 될 줄 몰랐기에 실수인 거고
원했던 일은 더더욱 아니니까요.

다 널 위한 소리라는 옥상 위의 훈계,
이래야 잊지 않는다는 따끔한 질책,
잘 되길 바라니까, 라는
결국은 잔소리.

당신이 애써 밀쳐내지 않아도
이미 주저앉아 있는 심장 앞에
이런 것들이 다 무슨 소용 있겠어요.

그 대신,
가장 가까운 카페에 들르세요.
당신을 위해, 당신과 함께하는 그 누군가를 위해.

오늘만큼은 그 무엇보다도
주저앉은 그를 일으켜주고
사실은 따스한, 서로의 진심까지 전해줄
한 잔의 격려를 건네보기로 해요.

그 사람 어떤 커피를 좋아하더라, 하고
오랜만에 쓸모 있는 고민을 하면서요.

나를 위로하는 가장 쉬운 방법

나도 힘들고 위로받고 싶은 참에,
너도 힘들고 위로받고 싶다기에

나의 고단함은 뒤로 하고
너를 응원했어.

곧 밝아진 너의 모습,
그 표정이

결국 나를 웃게 하더라.

이리 와 앉아요

두꺼운 패딩 점퍼를 입고 지하철에 오른 날에는
어깨와 어깨사이 허리도 채 펴지 못하는 빽빽함에
자리에 앉아 가는 게 더 불편하다.

이런 날은 늘 선택해야 한다.
빼곡히 들어찬 사람들 사이를 비집고서
좀 답답하더라도 끼여 앉을 것인가,
차라리 사람 많지 않은 곳으로 이리저리 옮겨가며
그렇게 자유로이 설 것인가.

선택의 기준은 노곤함의 정도라든가
그날의 기분이라든가 하는 것도 있지만
무엇보다도 목적지, 그 거리감이 우선이다.
내려야 할 곳이 아직 멀었다면
조금 불편하더라도 앉기로 했고,
반대로 금방 내릴 수 있는 거리라면
차라리 서서 가는 쪽을 택하기로.

같은 것이다.

세상의 추위에 놀라버린 만큼
더 크고 두터운 점퍼로
다친 마음을 감싸 안고 있는 이들은
하루에도 몇 번씩이나 갈등한다.

작은 틀어짐에도 때로는 눈총 받는,
완벽히 자유로울 수 없는 불편함을 감수하면서까지
사람들 사이에 섞여드는 게 맞는 것일까,
그렇게 눈치를 보느니 혼자인 채로가
더 마음 편하지 않을까, 라며.

좀 더 쉬운 결정을 위해
얼마나 더 가야 하는지 목적지까지의
거리를 가늠해보자.

굳이 짧다고 우긴다면 더 할 말은 없지만
분명한 것은 평생을 함께하는 우리의 머리도
우리 모든 생의 순간을
기억 못 할 만큼은 긴 게, 우리 삶이다.

게다가 꽤나 자주,
물에 젖은 솜이불처럼 무거워지기까지 한다.
긴 여정에 무거운 두 손이라,
그럼 이제 뭘 선택해야 할까?

그래 맞다.
조금 불편하겠지만 오래 편할 거니까.

"당신, 이리 와 앉아요."

"다가갈까, 말까?"
망설임은
쓰레기통에.
줘.
휴지통

자기 솔직서

그동안 세상에게 인정받기 위해
잘하는 것들, 나의 강점, 특기,
있는 것 없는 것 영혼까지 다 끌어 모아 쥐어 짜내느라
고생 많으셨습니다.

이번만큼은 당신이 잘 못 하는 것들
당당하게 후련하게 마음껏 적어보세요.
(이곳에 적어놓은 건 구글에서도 검색되지 않으니 안심하시고요!)

【 자기솔직서 】

	1. 나는 글을 정말 못쓴다. 백지를 보면 막막하다. 가끔 면접관들이 내가 근성이 있다고 하면 그걸 증명할 경험을 이야기하라 한다. 내가 자기소개서를 채워서 낸 것만으로도 어마어마한 근성이 발휘된 건데.... ^^

다 채우셨나요?

지금 당신이 적은 것들,
혹은 떠올린 것들은
당신이 부족하다는 증거가 절대 아니에요.
그저 당신이 누군가와 어울려 살아가야 하는
그런 멋진 이유가 될 뿐,

이 세상 그 누구도 타인의 도움 없이
살아갈 수 있는 사람은 없는걸요!
다시 한 번 당신의 자기 솔직서를 읽어보세요.
내가 부족한 부분을 채워줄 수 있는
내 곁의 고마운 누군가를 떠올리면서요.

그 누군가가 없다구요?
이러고 있을 때가 아니에요!
오늘 책은 여기까지 읽고
찾으러 갑시다!
어서요!

일 년에
꼭 한번은 만나

"일 년에 꼭 한번은 만나."

사실 그 누구 하나 밖으로 내뱉은 말은 아니지만
찬바람이 코끝을 스치는 계절이 오면
모두 약속이라도 한 듯,
깜박 늦었다며 서로를 찾지요.

일 년에 한 번이라 해봤자
우리 백 번도 남지 않은 만남이라
소중하지 않을 리 없으니까요.

그립고, 그립다.

이 문장에 가슴 동해줄 상대가
다시는 볼 수 없는 거리로
멀찌감치 사라지기 전에
우리는 힘껏 만나야 합니다.

그러지 않는다면 당신의 그리움은
스스로의 몫으로 영원히 남고야 말아요.

그렇게 닿을 곳 없어
세상을 부유하게 되어버린 그리움들을
모두 한데 모아, 무게라도 재어본다면

지구상에 존재하는 어떤 숫자로도
가늠조차 되지 않을 테지요.

당신은 부디 늦지 않길.

당신의 그리움이
정처 없이 떠돌지 않게.

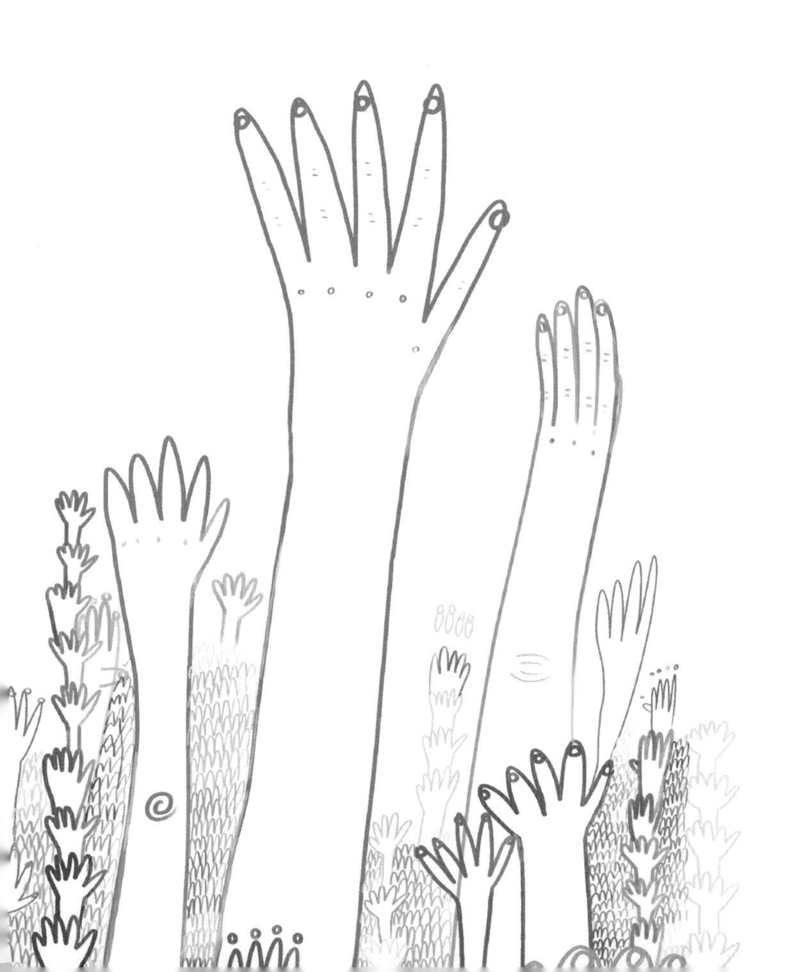

어색하게 안부를 묻더니 이럴 때만 연락해서 미안하다는 이야기에 미안하면 연락을 왜 했어, 라고 짓궂게 굴면서도 내심 반가웠다. 좋은 소식이었다면 더 좋았을 것을, 그 다음 전해진 소식이란, 그의 부친상.

그에게 향하는 버스에 올랐던 그 밤은, 유난히 까맣고 또 유독 추웠다. 뿌옇게 얼어붙은 창 너머로 가로등 불빛들이 어둠을 가르며 빠르게 지나쳐갔다. 그 동그랗고 노란 빛들이 다가오고 멀어질 때마다 마치 영사기로 투영한 어떤 기억들이 보일 듯 또 사라지는 듯했다. 휩쓸린 저 시간 너머의 그의 다정했던 모습을 떠올려보고, 어쩌다 안부조차 묻지 않는 사이로 멀어졌던 건지 그 시작을 가늠해보기도 하다가 다시금 현재라는 시간 앞에 엄숙해졌다. 그 모든 것은 버스에서 보여주던 야구 중계의 클라이맥스에 이르러서는 거짓말처럼 아무것도 아닌 일이 된 양, 나는 현재의 반짝임에 환호하는 사람들 중 하나가 되어버리기도 했다. 마치 그와의 이야기는 잊은 듯 살았던 어제처럼.

도착한 곳에는 눈물겹도록 친근한 모습의 그가 참 낯선 풍경 속에서 나와 사람들을 맞이했다. 그의 팔을 감싸 쥔 완장은 잔인했다. 완장이 주는 의무감에 그의 슬픔은 철이 들어버린 듯했다. 사랑하는 사람을 잃은 가슴이 보편적인 감정의 단어로 형용될 리 없었다. 감히 공감한다 말할 수도 없이 그저 침묵하여 곁에 서는 것, 그것이 내가 할 수 있는 최선이라는 사실이 너무나도 미안했다.

"여전하네."

그가 내게 건넸던 한마디, 별것 없는 그 인사가 나는 참 좋았다. 함께 기억하는 어떤 어제가 있기에 지금의 서로에게 건넬 수 있는 말, 네가 나를 기억한다는 증거, 내가 너를 기억한다는 믿음 같아서. 나는 어설픈 위로가 상처가 될까, 혹은 대책 없이 눈물이라도 흐르고 말까 나보다는 어른스럽게 이런 저런 이야기를 건네는 선배의 이야기 뒤에 하고 싶었던 백 마디 말을 숨겨버리고 말았다.

돌아가는 버스에 오를 때까지 나는 그를 위로할 수 있는 말은 단 한마디도 생각해내질 못했다. 하지만 앞으로 내가 해야 할 일 정도는 알 것 같았다. 그가 돌아올 일상에서 여전한 모습으로 그를 기다려주는 것.

충분한 이별의 시간을 겪고 돌아온 네가, 조만간 너무 늦게 연락했지, 라며 전화라도 걸어준다면 좋겠다. 알면서 뭐 이리 늦었어, 나는 여전히 짓궂겠지만 그는 내 목소리만으로도 알 수 있겠지.
많이 기다렸구나, 하고.

앞으로 우리는 더 많은 이별을 겪어야만 하겠지. 그 모든 순간 속에서 혼자일 리 없도록 함께인 편이 좋겠다. 또 이왕 함께한다면 그때 우리의 시절처럼 조금은 다정한 거리가 좋겠다.

어른이
되어 간다는 것

지나버린 시간 위 어느 섬 같은 시절로
한번쯤 돌아가고 싶다는 바람은
아마 제가 가지고 있는 것 중 가장 간절할 테고

속 모르고 흘러가는 햇수만큼
딱 그 정도의 속도로
가끔에서 자주가 되는 것 같아요.

하지만 알고 있어요.

그런 날, 그런 밤이 오면
갖고 싶은 것을 손에 쥐지 못한 아이처럼
웅크려 글썽이기보다는

수많은 그리움을 널찍이 품어내고
그런 날도 있었노라며 추억은 추억으로 두어야 한다는 것,
그렇게 조금 더 단단해진 가슴을 가져야 한다는 걸요.

그게 어른이 되어간다는 것일 테니까.

아직 완전한 어른은 되지 못한 나라서
그리움의 수만큼, 마음을 쓰다듬고 나서야
잠이 들지만

당신은, 당신의 밤은 어떨는지.

동시대를 살아간다는 것

같은 시간을 살아간다는 것은

호흡을 공유하고
생각을 배려하며
함께 꿈을 꾸다가

영원토록 추억하기로 서로를 가슴에 품고
언젠가 떠나가야 하는 일.

슬프지만 떠나갈 때가 있어서
그래서 더 소중하고

지금을 온전히 기억할 수 있는 건
당신과 나,
우리뿐이라는 사실이 애틋해,

같은 시대에 태어나줘서
같은 시대를 살아가줘서

정말 고마워요, 당신.

지하철 안,
할아버지의 통화

왜 이리 연락이 안 되느냐며
성을 내면서도 껄껄 웃었다.

할아버지의 친구들은 모두 하늘로 먼저 떠나고
딱 둘 남았다는데, 그 중 한명이 연락이 닿지 않다가
오늘에서야 전화가 걸려왔나 보다.

어찌나 반가워하는 목소리에
또 어찌나 행복해하는 웃음이던지.

지금 바로 당신 곁의 인연 역시,
이렇게나 애타게 소중하다는 걸
당신은 잊지 않고 살아가고 있을까.

가족 같다는 표현이
무심해도 된다는 것과 동의어는 아닌데
가끔 우리는 가까워진 거리에
냉큼 방심해버리고 마는 것 같다.

놓지 않아도 쉼 없이 흐르는 인연 속에서
놓아 버리고 만 당신의 인연은
어디부터 어디쯤일는지.

그런 사이

급하게 가까워지고
그만큼 아무렇지 않게
아무것도 아닌 사이가 되는 건 싫다.

굳이 당신이 나를 보살피지 않아도
내가 당신을 요란스레 챙겨대지 않아도
미지근한 거리감으로
불편함 없이 유지되는 관계.

그렇게 번지듯 스며들어
결국에야 소중해지는
은근하게 든든한 사이.

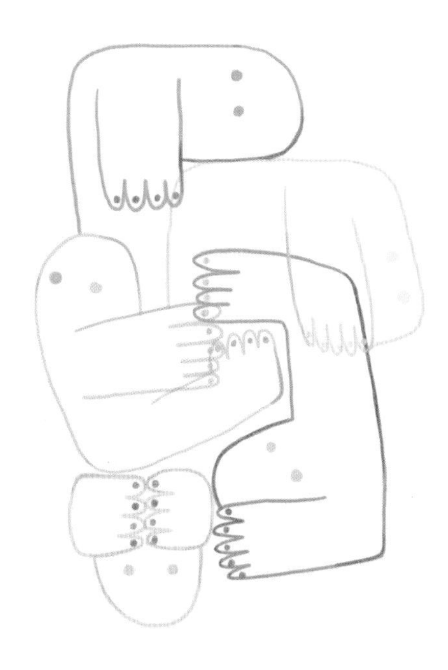

내일 보자

"내일 보자!"
당연한 듯 건네던 인사말을
이토록 그리워하게 될 줄이야.

점점 각자의 이야기를 만들어가야 하는 건
어쩔 수 없는 일임을 알면서도
여전히 어린 마음이
넘기기 싫은 책장을 꼭 쥐고 있다면,
기억해둘 것.

공통된 화제 없이 각자의 삶에 바빠지고
소소한 일상 그 무엇 하나 전해질 수 없다 하더라도
그리움, 이것만큼은 언제까지나 닿아 있다는 것.

그러니 그 책장,
마음 놓고 넘겨요.

그 시절,
그리운 얼굴들을 떠올려서 그려 넣고
“보고 싶어” 네 글자와 함께 전송해보세요.

주의사항 : 튜닝된 지금 얼굴 말고 예전 모습으로 그릴 것.

기억나는 친구들 그려보기

이름

언제나 세상의 모든 것은
완벽히 준비되기를 기다리면 늦는다.

그것이 미뤄둔 사랑이든
그리운 이와의 만남이든.

그래서 난 오늘 당신을 만나야겠어요.

입안에 머금기만 해도
진한 추억들이 밀려와
안녕, 인사하는
다정한 이름을,

오늘은 꼭 불러보고야 말겠어요.

당신 편에 서겠습니다

때로는 편견과 오해 앞에
미안하다, 라고 해야 하는
억울한 일이 생긴다.

어쩔 수 없었던 선택에
모든 것이 사실인 마냥 자책하지 말 것.

여기 내가, 그리고 당신의 사람들이
언제까지고 당신의 편에 서 있을 테니
떳떳하고 당당하게 다시 스스로 살아가는 거다.

당신의 사람들을 위해서라도

회사생활이란 것은 그리 낭만적이지 못한 장르라서 내가 당신을 믿어, 하더라도 내 마음은 사실 그렇지 못할 때가 많고 당신이 네 편이야, 하더라도 당신이 언제나 그래 줄 수는 없단 걸 조금 씁쓸하더라도 우리는 결국 인정하고야 만다. 그리하여 직장 내 가까이 두었던 사람과 문제가 생긴다면, 사실 누가 옳다 그르다 이야기하기도 참 어려운 상황이 대부분이다. 나에게는 나쁜 의도라 여겨지는 일이 상대에게는 자신을 지키기 위한 어쩔 수 없는 일이었을 수도 있고, 나에게는 대수롭지 않은 일이 그에게는 서럽고 이해 못할 일이 될 수도 있을 테니까. 그러나 모든 걸 머리로는 이해할지언정 가슴이 억울하고 속상한 것은 참으로 어쩔 수 없는 일이다.

그 상황이야 어찌 되었든 언젠가 한번쯤은, 아니 사실은 굉장히 여러 번 화장실로 달려가 변기 뚜껑을 닫고 앉아 눈물을 훔치는, 그런 날이 오고야 말텐데. 그럴 땐 당황하거나 눈치 볼 것 없이 당신의 감정을 존중하면 된다. 느껴지는 그대로 마음껏 실망하고 슬퍼하기를. 그렇게 원망스럽고 억울한 감정들이 우리 안에 조금도 남겨지지 않도록 허허히 비워내기를.
그 후엔 믿어왔건, 아끼었건, 가까이했건 당신에게서 신뢰를 저버린 그에 대한 상실도 두려움 없이 받아들이는 거다.

덕분에 웃을 일 없더라도 괜찮다.
때문에 눈물지을 일도 없을 테니까.

쉽지는 않겠지만 대부분은 따듯하되 때로는 차가울 줄 아는 당신이었음 좋겠다. 앞으로도 계속해서 지켜내야만 하는 사랑스러운 당신 자신과, 그런 낭만적이지 못한 장르 속에서도 당신을 믿고 사랑하는 나와 당신의 사람들을 위해서라도.

그보다 더 강한
당신이니까

가끔 있지.
다른 사람의 마음을 아프게 해서
자신의 존재감을 만끽하려는 사람들.

그럴 땐 어쩔 수 없잖아.
그 사람보다 좀 더
속이 꽉 차 튼튼하고 착한 내가
까짓 거 좀 아파주고 말지, 뭐.

처음에는 다 그런 거려니 웃어넘기다가
다른 사람의 험담이 매일매일 계속되니

어쩌면 나도 당신의 가십거리일지 모른다는 생각에
금을 긋고 말았어요.

주 ——————— 욱

다른 사람 상처는 아픈 줄 모르는 사람이 받을 상처까지
아프면 어쩌지, 걱정하고 싶지는 않아서.

사람 기상청에서,
친애하는 국민 여러분께

사막에서 마주한 신기루 같은,
너무나 반갑고 달콤해 보이지만
사실은 진심도 그 무엇도 존재하지 않는
그런 사람들이 생겨났으니

주의 요망.

휴지

더러워도 내 일이오
그대 눈물 또한 내 일이오

그대 눈물은 내가 기억할 테니
더러운 그 일은 잊어요.

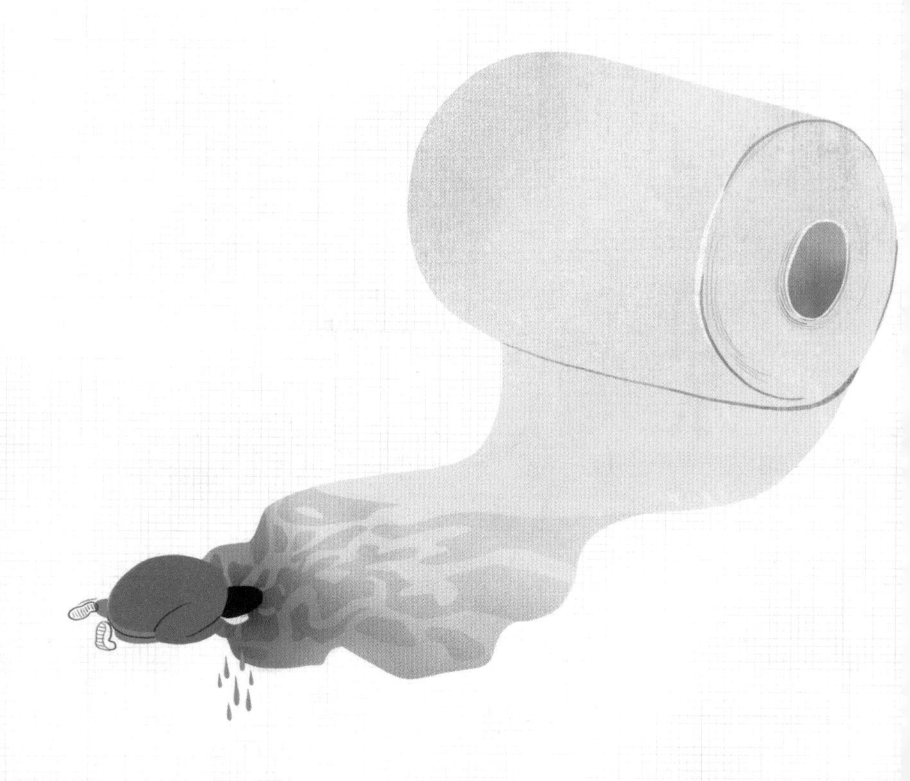

당신의 이야기를 듣다 보니
세상에는 참 더럽고 치사한 일이 많은 것 같아요.

당신을 상처 입힌 말들을
닦아낼 수 있는 위로를 떠올리고 싶었지만
그런 독한 말들은
몇 장의 휴지로 지워내기 어렵단 걸 깨닫고는
좌절하기도 했답니다.

아무 잘못 없는 당신을 원망하는 대신 나에게 와요.
그대 눈물 머금고 나면 나는 부서지고 구겨져버리겠지만
나에게는 그것이 최고의 영예이고 행복이랍니다.

그리고 잊지 말아요.
당신 곁에는 당신의 눈물을 닦아주기 위해서라면
나처럼 부서지고 구겨진대도
당신을 안아줄 수 있었단 사실만으로도 행복해할 누군가가
당신의 이야기를 기다리고 있어요.

그리고 조금 질투나지만
그는 나보다 좀 더 오래 당신의 곁에 머물 것임을
절대 잊지 말아요.

피식

누군가를 나의 조력자로, 클라이언트로 삼으려 할 때
가슴의 생각과 말의 표현이 일치하여야 힘을 발휘한다.
거짓은 프로들에게 금세 들통 나는 법,
상대도 프로라는 것을 인정하라.
–《당신은 스토리다》 중에서–

하늘 아래서 내려다본 세상은 굉장히 단순하다.
복잡했던 길들도, 북적대던 사람들도
시야 너머로 사라져버리고,
푸른빛은 바다요, 나무 빛은 땅이지.

그렇기에 많은 것을 눈에 담고 싶거든
오히려 낮은 곳에서 올려다보는 게 좋다.

그저 네모난 줄만 알았던 빌딩들이
사실은 제각각 솟은 모습이 다르고
창의 위치가 다르며,
뿜어내는 빛 역시 다르단 걸
하늘 높은 곳에서는 알아채기 어려우니.

사람 사이도 그렇다.
아무리 겸손한 표정을 지어 보여도
당신의 가슴이 상대의 머리 위에 스스로를 세우고 있다면
당신이 볼 수 있는 건 그의 정수리 정도.
그에게서 무언가를 배울 수 있는 기회도
그 어떤 사고의 물듦도 놓칠 수밖에.

반대로 누군가가 당신 머리 위로 올라가
당신을 깔보려 한다면
전혀 분해할 필요 없이 떠올리길.

"안타깝게도 당신이 나에게서 가져간 건
권위도 존경도 뭣도 아닌
내 정수리 냄새 정도네요."

그렇게 피식 웃어주고 말길.

작용, 더 큰 반작용의 법칙

뉴턴이 발견한
작용 반작용의 법칙.

로켓이 가스를 아래로 뿜으면
가스도 로켓을 위로 밀어 올리듯이

한 물체가 다른 물체에 힘을 가하면,
힘을 받은 물체 역시 힘을 가한 물체에게
같은 힘을 가한다는 이론.

뉴턴이 깜빡했는지 언급하지는 않았지만
이와 비슷한 이론으로는
작용보다 큰 반작용의 법칙이 있는데,

당신이 나를 밀어내면
나도 당신이 더 무안할 만큼 당신을 밀어낼 것이고

당신이 나에게 험한 말을 내뱉는다면
나 역시, 그 정도까진 아니었잖아, 싶을 정도로
돌려주겠단 이론.

물론 긍정적인 면 역시 존재하여
당신이 나를 예쁘게 보아준다면
나는 반드시 더 큰 행복으로 되돌려줄 거라는

늘 과학이 그렇듯,
쓰이기 나름의 이론.

여우같은 기지배

여우같은 기지배를 만나거든
없어 보이게 뒤에서 욕하지 말고
바보같이 혼자서 울지도 말고
당신 가슴에 또박또박 다짐할 것.

"너를 닮을 거야."

여우같은,
그것도 꼬리가 아홉 개쯤은 달린 것 같은
그런 당신이 되어

그 기지배 앞에 설 것.

당연한 말이
당연하게 필요한 날이 있어요.

사랑한다, 라든가
힘내, 라든가

당신의 그런 당연한 날에
내가 당신의 힘이고
사랑이었음 좋겠어요.

내 마음대로 떨어뜨리기

"뭐 하나쯤은 내 마음대로
되는 일이 있어야 하잖아."

고마운 사람들의 이름은 왼쪽에

미운 사람들의 이름은 오른쪽에 적어보세요.

왼쪽에 떨어뜨렸던 이름들의 개수에는 0kg을,

오른쪽에 떨어뜨린 이름들의 개수에는
100kg을 곱해보세요.

100kg

누군가를 미워하면
당신의 마음은 그들을 담아낸 그 무게만큼
축 처지고 만다.

겨우 그런 인간들 때문에
스스로 우울 속에 가라앉지 않도록
자비롭고 너그러운 당신과 내가,

한 페이지 넘기는 그 시간
딱 그만큼만 실컷 욕하고
그 다음!

에잇, 잊어버리자!

다정한 쪽으로,

사람의 마음은
기우는 거야.

단점의 재발견

눈치를 많이 보고, 사람들을 피해서 걷고
잘못 내뱉은 말 한마디를
밤을 새우도록 생각하는 자신의 모습에,
너무 소심한 건가, 하고 고민하던 그녀.

눈치가 빠르고, 양보를 잘 하고
말은 신중한, 참 배려 있는 사람이라고
그가 그녀를 다른 이에게 소개했고

그녀는 그에게도
그리고 그 누군가에게도
눈치가 빠르고, 양보를 잘하고 말을 신중히 하는
배려 있는 사람이 되어주려 더 노력하게 되었다지.

단점을 고쳐나가는 데에는
많은 시간이 필요하지만
그런 단점을 장점으로 만드는 데는
1분, 60초도 여유롭다.

사실, 단점이든 장점이든
어느 누구도 정확히 분류할 수 없는 거니까.

답이 없어서

어떤 공식도 적용 되지 않는 게 사람 사이라
너무 어렵다고 한숨 쉬다가

문득, 공식이 있다 해봤자
셈에 약한 나는 어차피 계산하지 못했겠구나 싶어서

차라리 다른 사람들 또한
나와의 관계를 머리로 셈할 수 없는
공식 없는 지금을 다행으로 여기게 되었다.

그러니 당신도 사람 사이 고민거리에,
나 혼자만 이리 어려운 건가
내가 뭔가 잘못된 건가
자책할 필요, 전혀 없다.

문제가 있더라도
적용할 공식이 없고
공식이 없으니 답 역시 없어
다같이 헤메며,
그 재미로 살아가는 거니까.

가지치기 말기

사람사이, 관계에 대한 회의감이 들 때면
불필요한 나뭇가지 잘라내듯
연락처를 지우거나
소통을 끊어내는 분들도 계실 거예요.

나무에게는 가지치기가
문제를 해결해줄 수도 있겠지만
우리들 사이만큼은 가지치기만이
해결책은 아니에요.

버겁다고 잘라내고 잘라낸 가지 위에선
절대 보지 못할 풍경들이 있는 걸요.

누군가를 지워 말아, 하고
고민할 시간에
여지없이 소중한 이에게 안부를 물으세요.

짧은 안부 물으며 살기에도
참 바쁜 삶이잖아요.

당신의 가지들,
그 위에서 펼쳐질 이야기들을 그려보세요.

다 주어도, 늘 모자란

당신은 나에게
그런 사람이에요.

다 주어도
늘 모자란

아무리 주어도
여전히 더 주고픈.

어른에게도 가끔은

꿈을 꿨다.

누군가가 나는 병에 걸렸고 곧 죽게 될 거라고 했다. 꿈이라는 걸 자각하지 못하고 두려움에 떨며 울었다. 울고 있는 내 곁에는 아빠가 있었다. 한숨이 서린 듯 눈물 고인 아빠의 검은 눈동자. 그저 마주보았을 뿐, 어떤 단어도 오가지 않았는데 오히려 더 많은 이야기를 들은 듯 이상하게도 마음이 안정되었다. 아빠는 곧 온기가 머무는 단단한 손으로 나의 손을 꼭 잡고, 함께 건자 했다, 내 마지막 여행이랬다. 아빠 손을 잡고 있던 나는 이상하게도 더 이상 아무것도 무섭지 않았고 슬프지 않았다. 아빠 곁에서라면 죽음마저도 괜찮을 수 있을 거라는 묘한 안도감이 들었다.

동생이 아팠다.

현실이었다. 갑작스럽게 알게 된 척수 종양. 지금은 완치되어 건강히 지내고 있지만 그때만 해도 어떤 병원에서는 수술을 포기한다 하였고, 나날이 무서운 예언들을 잔뜩 맞이해야 했다. 동생의 병을 알기 얼마 전까지만 해도 나는 내가 다 큰 줄 알았다. 이제 내가 우리 가족을 지켜줘야지, 하고 혼자서 다짐했던 때였다. 그런데 막상 아파하는 동생 앞에서 내가 할 수 있는 일이란 걱정하는 것, 또 걱정하는 것, 그러다 아무것도 할 수 없는 내 자신이 한심해 주저앉아 자책하는 것, 그뿐이었다. 아빠는 달랐다. 침착하고 담담히 그때의 시련을 헤쳐나갈 방법을 찾고 있었다. 모두가 절망 속에 있었던 그때, 우리에게 아빠란 흔들리지 않는 품이었고 무너지지 않을 어깨 같았다

아빠도 울었다.
시간이 지난 후 엄마에게서 전해들은 이야기였다. 그때의 나는 아빠의 그런 모습을 본 적이 없는데, 그랬다 했다. 그제야 우리를 지켜내려던 아빠의 가슴이란, 무너지지 않았던 것이 아니라 몇 번을 무너져도 다시금 쌓아올린, 그래야만 했단 걸 깨달았다. 눈치 볼 것 없이 마음껏 울 수 있었던 내가 얼마나 어렸던 건지 역시 깨달았다. 한 가정의 부모가 되어 내가 아닌 누군가를 지켜낸다는 것, 나는 할 수 있을까. 그때 이후로 다 컸다는 말도 함부로 누군가를 지켜주겠다던 호기로움도 모두 삼켜버렸다.

얼마 전이었다.
회사에서 누군가가 마니또를 하자는 제안을 했다. 아마 학창시절에 한 번쯤 해보았을 텐데, 제비뽑기를 해서 지정된 사람을 몰래 지켜주고 행복하게 해주는 수호천사가 되는 것 말이다. 다른 직원들의 반응은 심심했지만, 나는 갑자기 그런 존재가 너무나도 그리워졌다. 누군가가 나를 소소히 챙겨 주는 것, 하루를 살아낼 따스한 말들을 문득 건네어오는 것, 어른이 된 우리에게도 가끔은 어린아이 마냥 그런 것들이 그렇게 그리운 어떤 날이 있으니까.

아마 우리 아빠도 그때는 그런 날을 보내고 있지 않았을까. 모두가 아빠의 품에 얼굴을 묻고 어깨에 기대었던 그때 아빠를 위한 품은, 쉬어갈 어깨는 어디였을까. 앞으로 몇 밤을 더 자야 내가 아빠에게 그런 존재가 될 수 있을까.

아빠와의 저녁

어느 저녁,
묵직하게 따듯한 아빠의 손을 잡고 걸었다.
"힘들게 일해서 월급 타오면
다 어디에 쓰는 건가 너무 허무했는데,
지금 보니까 너희들이었구나.
하나도 아깝지가 않다."

아빠가 말했고
마음속 이야기 부끄럽지 않게 꺼내버리는 거,
나 아빠를 닮은 모양이다 싶었다.

왠지 감상에 젖어버린 난
놀이터를 지나던 때에
아빠에게 그네를 밀어 달라 했고
아빠는 귀찮다고 싫다 했다.

귀찮은 일은 철저히 귀찮아하는 것도
나 아빠를 닮았나 보다.

그래 괜찮다.
그네 같은 건 밀어주기 귀찮아도
자식 위해서라면
힘들게 얻은 모든 걸 주어도 아깝지 않은 것.

그게 바로 다 똑같은 아빠들 마음.

어린 캥거루의 변명

"안녕하십니까. 9시 뉴스입니다. 성인이 된 뒤에도 부모 곁을 떠나지 못하는 '캥거루족'이 늘고 있다고 합니다. 최근 조사 결과 25세 이상 젊은이 중 부모와 함께 사는 비율이…."

겨우 한 걸음 삐쭉 내밀고서
코끝을 아리는 세상의 찬바람에
흠칫 놀라 파고든
또 다시 당신의 품 안.

사람들이 나를 손가락질 한대도
너무 걱정하지 말아요.

어린 캥거루의 꿈은
그때도, 지금도
언젠가 꼭 당신이 기대어올 수 있는
든든한 어깨가 되는 거랍니다.

잠깐 추스른 만큼
누구보다도 당차게
누구보다도 강인하게
뛰어오를 테니까

그때도 그랬듯, 지금도 그렇게
나를 조금만 더 믿어주세요.

세상의 몇 없는 진실

비 내리는 거리,
커다란 쇼핑몰 앞에 엄마와 아이가 섰다.

엄마는 펼쳐진 우산을
어깨와 고개 사이에 끼워 넣은 채
두 손 가득히 들고 있던 작은 쇼핑백들을
커다란 가방에 접어 넣느라 분주하다.

비에 젖으면 안 되는
값비싼 물건이라도 들었기 때문일까.
손을 앞으로 뻗어
내리는 비를 만지작거리는 아이에게
눈길 한 번 없는 엄마가
우리 엄마도 아닌데 괜스레 밉다.

내가 눈을 흘기는 사이
엄마는 가방 정리를 마쳤고
허리를 굽혀 우산을 아이에게 기울여서
아이의 손을 잡았다.

쇼핑백이 모두 가방에 들어가
자유로워진 손으로.

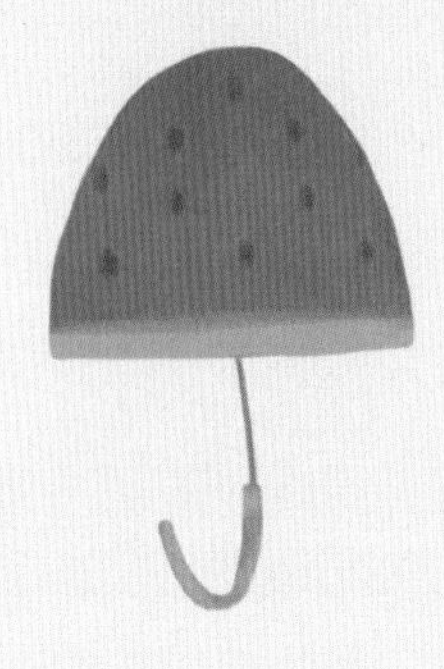

반대쪽 어깨에 달린,
삐죽삐죽 모양이 엉망인 가방은
고스란히 비를 맞는다.

그녀가 내리는 비로부터
보호하고 싶었던 것은
자신도, 값비싼 무엇도 아닌
그녀의 아이.

삐뚤어진 내 마음의 오해였다.

엄마의 마음이란,
의심해선 안 되는 것 중 하나.

엄마의 사랑이란,
세상의 몇 없는 진실 중 하나.

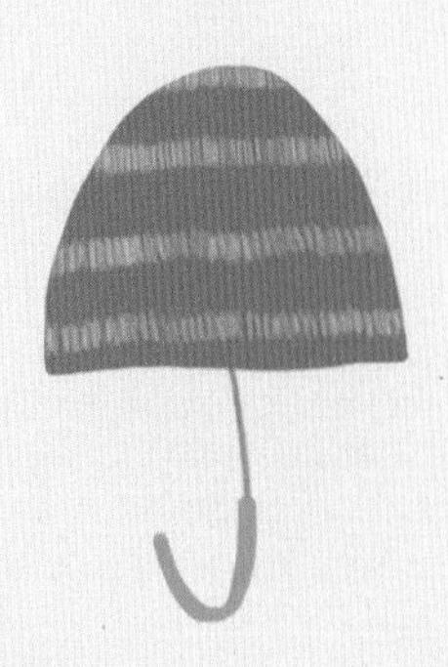

나의 어제를 기억하는 누군가가 있다는 것

동생을 마중 나간 어느 겨울 밤
버스에서 내린 동생과 함께
시린 손에도 차가운 아이스크림 하나씩 들고
오랜만에 들린 만화책방에서
까만 봉지 가득히 만화책을 빌려 나오던,

그 겨울밤은 웬일인지,
더 이상 따뜻할 수가 없었다.

같은 이야기를 기억하고 있는 누군가와
비슷한 온도의 계절에 마주 앉아
어수룩했던 자신의 모습을 퍼즐마냥 맞춰보는 것

그저 재미있다고만 표현하기엔 그 이상의,
기분 좋은 아련함이 있다.

옛 모습을 기억하고 있는
서로를 함께 그려보세요.

내가 기억하는 그때의 너
네가 기억하는 그때의 나.

누군가에게는 전부였을 만큼

어느 모임 자리, 자신을 소개하던 시간.
한 남자가 자신의 모든 것을 담았다며
동영상 하나를 재생했다.

그 안에 담겨 있는 것은
그가 즐기는 음악과 책, 자주 가는 카페와 식당
좋아하는 색 또는 자신의 혈액형
그의 웃거나 울고 있는 모습
그 무엇도 아닌,

콧등을 잔뜩 찡그린 채 웃던
뒤뚱거리는 걸음으로 돌아보던
작은 목소리를 내며 그를 부르던
사랑스러운 딸아이의 모습.

우리가 세상 속에서
자주 잊고야 마는 것은, 자꾸 의심해버리는 것은

당신이 그렇게나 소중한 존재라는 것,
누군가에게는 전부였을 만큼.

언제부턴가 아버진 담배를 피우셨다. 모두가 잠든 시간 어둠을 벗하여, 지쳐 있는 얼굴로 보이지 않는 먼 곳을 바라보며.

난 아버지의 담배 피우는 모습이 싫었다. 무엇이 당신을 이토록 지치게 하는지.

아버지가 술에 취해 돌아오셨을 때, 그때야 알았다. 당신은 우리를 사랑한다고, 그렇기에 피곤하고 지쳐도 괜찮을 수 있다고, 우리 모두를 당신이 지켜줄 거라고, 원하는 건 다 해주고픈 이 아버지의 마음을 이해하느냐던, 애틋한 음성.

그때야 알았다. 넥타이처럼 아버지를 졸라매는 것이 일의 무게가 아니란 걸. 아버지란 이름만으로도 고달픔과 지침은 이겨낼 수 있다는 걸. 아버지를 힘들게 하는 건 어둠이 내려 돌아온 집의 고요한 외로움과 적은 시간 더 쏟지 못한 애정의 안타까움, 그것이었다는 걸.

mission!
퇴근하여 돌아오신 아빠, 엄마를 강아지 마냥 달려가 안아주세요!

무릎

쓸어주는 머리칼 따라
나쁜 기억들은
모두 쓸려 내리고

말랑한 온기에
닮아 있는 향기에
소란스러운 세상마저
가만가만 재워지던

베고 누운 엄마 무릎 위
푸근한 저녁.

왜 이리
예쁜가 했더니

그대를 닮았네요.

part2.

아름답게 서툰 우리를 위해

응급처치

마음 병에 대한 응급처치는
일단 스스로를 사랑하고 보는 것.

누군가를 사랑하게 되었을 때처럼
아이 같은 호기심으로

술 한 잔이 떠오르는 날씨가 있는지,
특별한 의미를 지닌 노래,
몽땅 밑줄 그어버린 책,
세상 모든 걸 잊게 만드는 음식과
인생 최고의 영화는 무엇인지,
내가 나를 차근차근 알아가는 것.

그 물음의 끝에서야 깨닫게 될 테니까요.

당신은 어떤 누구로 살아가고 있던 건지
어떤 하루 속에서 행복해질 수 있는 건지를 말이에요.

답이 없다며 아무것도 하지 않는 이에게

야!

물음을 던져야

답 비슷한 거라도 나오지!

나의 돈키호테

17세기경의 돈키호테가 스페인에 있었다면 21세기의 나는 멕시코에서 그를 만났다.

멕시코의 산속 작은 마을에 머무를 때였다. 돌아가기 전날의 이른 아침, 부엌에 모일 사람들을 위해 넉넉한 냄비가 묽은 커피향을 모락모락 피워냈다. 내가 사람들 몫으로 테이블에 죽 늘어놓은 그릇 안에는 아직 준비되지 않은 빵 대신 아침의 햇빛이 노랗게 담겼다.

"Buenos días!" (좋은 아침!)
숲속의 고요를 깨우는 인사의 주인공은 바로 나의 돈키호테, 멕시코인 할아버지였다. 그를 이름보다 별명으로 기억하게 된 건 빼빼 마른 체구, 큰 키, 제멋대로 엉겨 있는 수염 때문에도 그랬지만 그가 꿈꾸는 이상과 만들어놓는 현실, 그 사이의 격차 때문에도 그랬다. 처음 만났던 날도 그랬다. 그는 자기 키보다 큰 해바라기들에게 삽을 내저으며 휘청거리고 있었다. 실제로 불편을 토로한 이는 아무도 없었는데도, 높게 자란 해바라기 때문에 마을로 들어오는 사람들이 어려움을 겪을 게 분명하다는 생각 때문이었다. 그 모습은 마치 풍차와 싸우기 위해 달려들던 돈키호테 같았고, 해바라기 대신 애꿎은 수도관을 망가뜨려 모두를 쫄딱 젖게 만들었던 일화는 이 마을에서 제법 유명해졌다.

"난 네가 떠나더라도 슬퍼하지 않을 거야."
내게서 멀찌감치 자리를 잡은 그가 말했다. 맥락 없이 던져진 한마디에 나는 피식 웃고는 꼭 그러라며 건성으로 대답했다. 그런 내가 못마땅한 듯 그는 나에게 다시 물었다.
"너에게 철학은 무엇이니?"
"철학?"
"그래, 철학."
자신의 언어를 쓰는 나를 시험해보려는 질문인가 싶었다. 그런 의도라면 너무 어려운 단어잖아, 라고 속으로 불평하면서도 내 실력을 보여주겠다며 '철학'의 뜻을 더듬더듬 대답했다. 슬쩍 바라본 그의 얼굴은 길을 잃은 사람처럼 사뭇 심각했다. 내 스페인어가 저런 표정을 지을 정도인가 덩달아 심각해질 무렵 그가 이야기했다.

"나는 이곳을 지키는 삶을 선택했지. 많은 사람이 우리를 도와주겠다고 여기에 오지만, 오히려 그들이 문명과 떨어진 이곳에서 쉴 수 있도록 내가 도와주고 있는 거야. 하지만 사람들은 늘 떠나가. 물론 그건 자연스러운 거야. 떠나간다 하더라도 그게 그들의 선택이라면 미련을 가져서는 안 돼. 그게 나의 철학이고 나는 그렇게 이곳을 살아가고 있지."

그는 내 표정을 살피더니, 알아듣지 못한다고 생각했는지 멋쩍어하며 천천히 말을 이어갔다.
"그릇, 이쪽으로도 좀 줄래?"

붉어진 뺨을 들킬까 쭈뼛거리며 그릇을 건넸다. 부끄러웠다. 유려하지 않은 스페인어보다 그의 질문을 이해하고도 적당한 답을 찾아내지 못하는 이유에서였다. 누가 뭐라고 하든 그는 자신이 선택한 가치와 삶이 있었고, 그 삶을 살아가고 있었다.
그렇다면 나는? 고백하건대 내가 그곳에서 살아갔던 시간에는 어떤 명분도 대의도 없었다. 남들 같은 이력 한 줄이 필요했다. 그 이력이 필요한 이유도, 사실 몰랐다. 모든 것을 내려놓고 나누며 살아가는 삶을 가르쳐주는 그곳에서 목적지도 모른 채 가쁘게 달리고 있던 건 오로지 욕심만 많은 나, 하나였다.

살아가며 스치는 인연에게 직업이 무엇이고 나이가 몇이냐는 이야기 대신, 내가 사는 모습과 세상을 바라보는 시선을 궁금해 해주는 사람이 몇이나 될까. 문득 그에게 고마운 마음이 들었다. 나는 어떤 철학을 갖고 살아가고 있던 걸까? 왜 여기에 왔지? 난 앞으로 어떻게 살기를 원하지? 곧이어 사람들이 우르르 들이닥친 테이블 한구석에서 나는 제법 비장한 표정으로 앉아 이제껏 누구에게도 들어보지 못했던 질문을 나에게 묻고 또 물었다.

"Buenos días!" (좋은 아침!)
그의 익숙한 목소리가 들렸다. 떠나는 날 아침이었다. 작별 인사를 나누기 위해 들어선 부엌, 테이블 위에는 누군가가 나를 대신해 늘어놓은 그릇에 노란 빵이 봉긋하게 담겨져 있었다. 나 없이도 완벽해서 더 서러운 아침이었다. 눈물을 줄줄 흘리는 먼 나라의 여자 아이, 그 앞에 어쩔 줄 몰라 하며 당황하던 나의 돈키호테는 그곳의 햇빛과 흙냄새가 밴 품으로 나를 토닥토닥 달래주었다. 슬퍼하지 않을 거라던 그의 두 눈 역시 잔뜩 눈물에 차 있었다. 내가 다 봤다.

언젠가 다시 한 번 그곳에 갈 수 있다면, 그래서 그가 또 다시 물어온다면 나는 내 철학이 무엇이라고 이야기할 수 있을 만큼 스스로를 살아내고 있을까. 조금은 성숙해진 눈동자를 맞댈 수 있을까. 누군가의 마음을 품어 달랠 수 있는 어떤 빛과 향을 가진 사람이, 나도 되어 있을 수 있을까.

그날의 햇살이 담긴 사진 앞에서 문득 그때의 질문들이 떠올랐다.
마음이 가빠졌다.

당신만의 보물섬

어느 도시, 오후 여섯 시는
대부분의 상점들이 문을 닫는 시간이었다.
공부를 더 하려 해도 열려 있는 도서관 하나 없었다.
학원이라고 적힌 간판들이 간간히 보였으나
입시니 내신이니 하는 말 대신
피아노와 춤, 노래와 요리 교실이 전부였다.

어느 작은 마을, 오후 두 시는
겨우 아홉 시에 시작한 노동을 마무리하는 시간이었다.
남은 하루는 계곡에서 헤엄을 치거나
이웃의 일을 도와주거나
밝지 않은 불빛 아래에서 체스를 두었다.
누군가가 기타라도 잡은 날에는 그 분위기에 취해
글을 적거나 엎드려 있다 까무룩 잠이 들기도 했다.

그 도시에도, 그 마을에도
'부유한' 이들은 많지 않았으나
그래서 그들이 행복하지 않다고 하기엔
그들의 표정이 이를 부인했다.
그들이 부러운 순간은 너무나도 많았다.

살아본 적 없는 삶은 늘 낯설다.

느린 여유로움을 즐기는 그들의 삶,
초조하고 가쁜 마음에 시간을 달리고 있던 나에게는
존재할 거라 믿기지 않던 그런 삶.

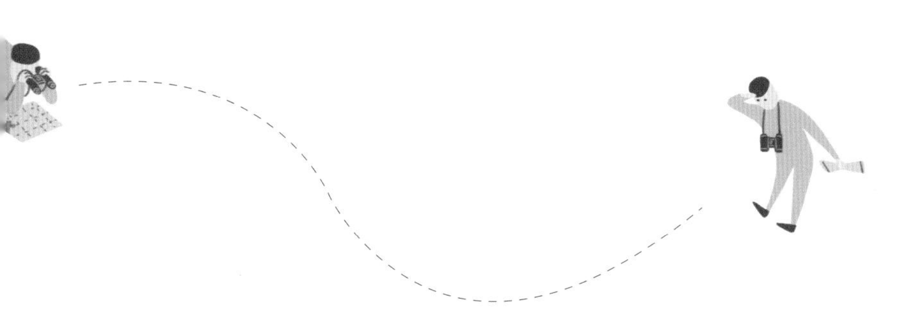

당신 혼자서 세상을 바꾸는 건
너무나도 어려운 일이란 걸 알아서
신은 당신이 원하는 삶을 응원해줄 세상을
우리 살아 숨 쉬는 이곳 어딘가에는
분명히 만들어두었다.

이곳에서 당연한 일이 당연하지 않은 곳.
이곳에서 이상한 일이 이상하지 않은 곳.

당신이 꿈꾸는 삶의 방식을
누군가는 보통의 삶으로 살아가고 있는,
바로 그곳.

그러니 다들 이렇게 산다며,
규격화된 삶의 방식 앞에
당신 마음은 지치지 않기를.

당신만의 보물섬을
꼭 찾아내고야 말기를.

당신의 행복

'행복해지는 방법'
정말 많은 사람이 포털 사이트 검색창에 넣은 문장이래요.
어떤 마음이었을까요.
그래서 그들은 행복해지는 방법을 찾았을까요.

그래요.
차라리 행복이란 게 그런 거라면 좋았을 텐데요.
어떤 맛있는 요리의 레시피처럼
검색해서 나오는 답, 그대로 따라 해서
원했던 행복을 짜잔, 하고 만들어낼 수 있는 거라면
그래서 더 많은 사람이 쉽게 행복해질 수 있다면 좋았을 텐데요.

그렇지만 안타깝게도 그런 방법으로는 행복해질 수 없다는 걸
당신과 우리는 이미 잘 알고 있어요.

평화로운 하루 속에 사랑하는 사람과 함께하는 것
원했던 꿈에 다가가며 성취감을 느끼는 것
삼 시 세 끼 맛있는 식사를 하는 것

행복은 세상에 존재하는 사람들의 수,
딱 그만큼 모양을 달리하기 때문에
당신이 행복해지는 방법의 단서는
구글이나 네이버가 아니라
딱 당신 가슴속 거기 어디쯤 숨겨져 있으니까.

그러니 스스로 당신에게 물어봐요.
뭘 어떻게 해주길 원하느냐고.
일단 들어나 보자고.

일단 당신의 행복이 뭔지를 알아야
방법을 찾지 않겠어요?

에휴-
일단, 안아줘도 돼요?

당신의 망설임에 대해
그 누구도 대신 결정을 내려 줄 수 없다.

다만 옳다 믿었다면
이제는 용기를 낼 때라는 것.

뚜벅뚜벅
살아가자 친구야.
그 무엇에도 흔들리지 말고

너는 너인 채로
나는 나인 채로

씩씩하게
뚜벅뚜벅.

오늘의 다짐

무언가를 시작하겠다거나
이대로는 안 되겠다며 마음을 다잡은 오늘은
비록 그것의 결론에는 도달하지 못할지언정
의미 있는 날이라는 것.

그런 생각조차 없이
하루를 소비해버린 어제에 비하면.

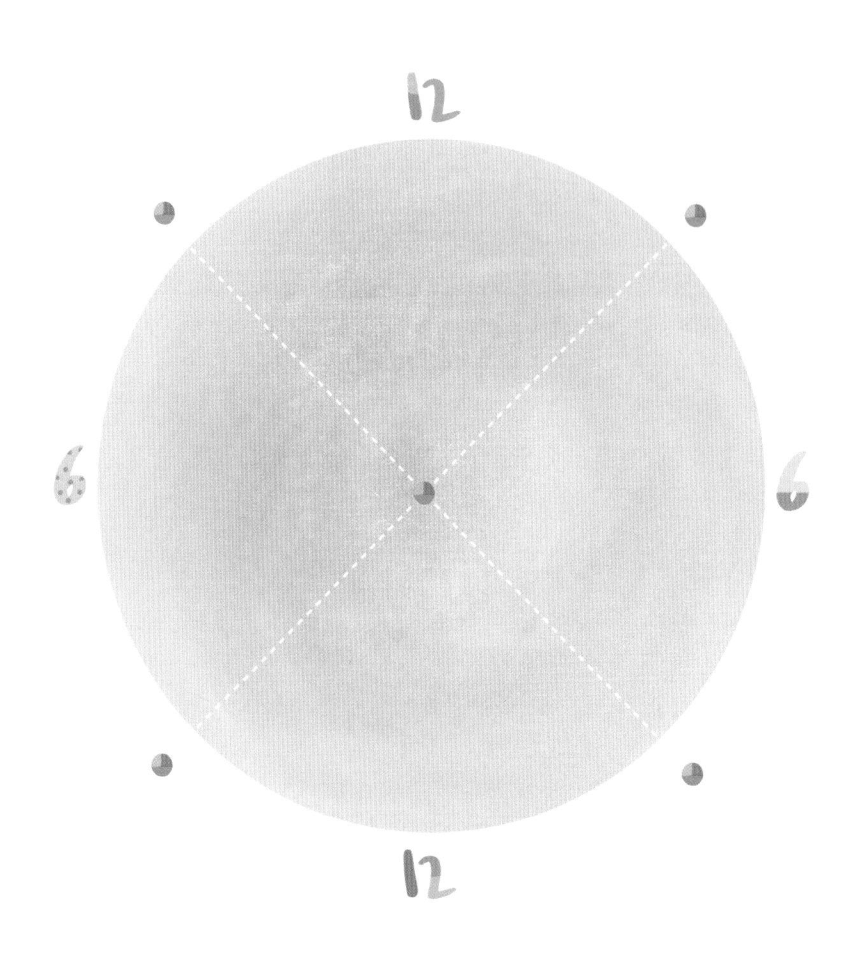

꿈꾸는 하루를 그려 넣어보세요!
마법을 걸어둔 페이지니까
언젠간 당신의 현실이 될 거예요!

당신이 찾는 답

당신이 물어오는 문제의 출제자는 내가 아니니
당연히 그 답 역시, 나는 모릅니다.

어쩌면 당신이 찾고 싶어 하는 것은
그 문제의 답이라기보다는
당신이 생각하는 답에 끄덕여줄 누군가일지도 몰라요.

마치 연필을 굴려 답을 찍을 때조차
굴려놓은 연필이 영 아닌 것 같은 답을 가리킬 때
이를 믿지 못해, 다시 한 번 던져보는 우리의 심리처럼.

당신의 생각들은 모두 감추어놓고
어떻게 하느냐고 묻는 것보다는
이렇게 하고 싶은데 당신을 응원해줄 수 있겠느냐고
당신의 편이 되어달라고 말하는 쪽이
시간도, 감정도 낭비하지 않을 수 있는 방법일 거예요.

대충, 그럴듯하게, 남들이 하라는 대로
그냥 그렇게 살아가기에는

당신은 너무 아까워요.

어린 시절엔 너무나 잘 알았던 것

니 마음만 있냐?
내 마음도 있지!

어린 시절엔 너무나 잘 알았던 것.

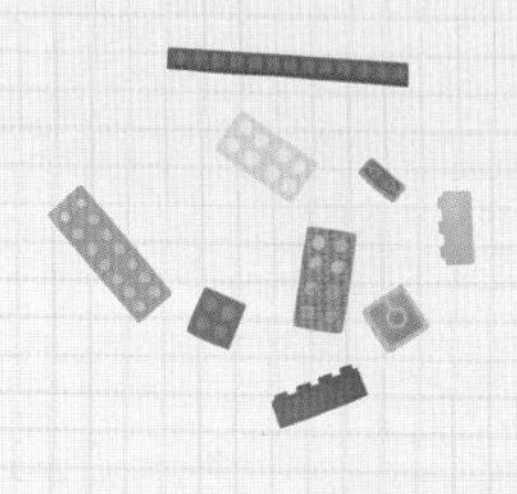

지금 당신의 마음은
잘 있나요?

사회의 시선에
상사의 명령에
책임의 무게에
주어진 이름에
거짓된 사랑에
남들의 평가에

무턱대고 잃어버린 건
아니겠죠?

레고보다 못한 마음이 절대 아닌데.

신경 끄자

"만나는 사람 있니?"
"결혼은 언제 할 거야?"
"돈은 모았니?"
"아버지는 뭐 하시니?"
"아이는 언제 낳으려고?"

나라는 사람의 삶이, 소신이
어린 시절 장래희망이 사라지듯
힘을 잃어버리는 날.

힘을 잃은 건
무례한 질문을 던져댄 이들의 탓이 반,
이대로 정말 괜찮은 것인지
자신을 의심하고 있는 당신의 탓이 반.

질문을 던지는 이들의 입을 틀어막을 수 없다면
당신이라도 당신 스스로에 대해 확신을 갖길.

그러면 잃어버린 힘의 반이 돌아와
저런 귀찮은 질문들 정도엔
충분히 맞설 수 있는 당신이 될 테니까.

신경쓰려고 까맣게 덧칠할수록
두꺼워지고 거칠어지는 마음.

너 같은 애는 처음 봤어

수줍은 성격,
고도근시에 작은 키.

주저앉은 코와
그럼에도 뚜렷이 보이는 큰 콧구멍,
두꺼비 마냥 툭 튀어나온 두 눈.

사람들과는 조금 다른, 독특한 생각.

아무도 몰라주는 당신의 가치.
주변의 비웃음.

세상이 당신을 무시하나요?

"너 같은 애는 처음 봤어."

수줍은 성격, 고도근시에 작은 키,
바로 가곡의 왕,
천재 작곡가 슈베르트.

주저앉은 코와 큰 콧구멍,
두꺼비 마냥 툭 튀어나온 두 눈.
모두가 못났다며 놀려대는 그 설움에
"너도 거울 좀 보고 와라!" 외치고 싶었던 걸까.
그리스의 대표 철학자 소크라테스, 그가 남긴 명언.
"너 자신을 알라."

살아 있는 동안 작품의 가치를 인정받지 못했던 그는
수식어가 필요 없는 이 시대 가장 위대한 화가,
빈센트 반 고흐.

많은 사람이 그의 생각에 공감하지 못해
그가 전시한 작품을 철수할 정도로
시대가 감당하지 못했던 선구적 예술가, 마르셀 뒤샹.

그의 실험을 세상은 비웃었지만
바로 그 실험으로 번개가 전기로 이루어졌음을 증명해낸
벤자민 프랭클린.

이제 당신 차례!

아직 당신의 가치를 깨닫지 못한 세상에게
절대 기죽지 말고 시크하게 웃어주세요.

내가 좀 유니크해 !

사랑할 수밖에 없는 당신

금발 인형처럼 사람들의 눈에 꼭 맞는
사랑스러운 아이가 되기 위해 애쓰기보다

그저 당신으로서
또 당신이기 때문에 사랑할 수밖에 없는,
그런 모습을 만들어가기로 해요.

이 세상 하나 뿐인
당신을 그려보세요!

오즈의 마법사
– 도로시 편

《오즈의 마법사》 이야기를 들어본 적 있나요?

도로시라는 작은 소녀가 회오리바람에 날려 '오즈의 나라'라는 곳에 도착하게 되는데요. 다시 집으로 돌아갈 방법을 알고 있다는 '오즈'를 찾기 위해 그곳에서 만난 일행들과 함께 모험을 떠나는 이야기입니다.

그런데 모험 끝에 만나게 된 오즈가 도로시에게 알려준 집으로 돌아갈 수 있는 방법이란 그녀가 신고 있는 은빛 구두의 뒤꿈치를 세 번 부딪치는 것이었답니다.

다른 곳에서 찾지 말아요.
당신이 원하는 곳으로 당신을 데려가 줄 방법은
어쩌면 당신에게 있는지도 몰라요.

오즈의 마법사
— 양철 나무꾼 편

《오즈의 마법사》 이야기 속 도로시와 함께 모험을 떠났던 일행이 있었어요. 바로 온몸이 양철로 만들어진 양철 나무꾼인데요. 그는 본래 양철이 아닌, 한 여인을 사랑하던 평범한 남자였어요. 하지만 그 사랑을 방해하던 마녀가 그의 도끼에 걸어둔 주문에 의해 자신의 팔과 다리, 몸통과, 심장까지도 잃게 되었답니다.

다행히 그는 양철공의 도움으로 양철로 된 몸을 얻을 수 있었어요. 더 이상은 몸이 잘려나가는 고통 또한 겪을 필요가 없게 되었죠. 고통 속에서도 지켜내려던 사랑, 그런 감정들은 더 이상 느끼지 못하게 되었으니까요. 처음에는 번쩍이고 강해진 몸이 근사했대요, 하지만 점점 선명해지던 바람 하나가 있었어요.

다시 한 번 진짜 심장을 갖고 싶다는 것. 아파도 좋으니 다시 한 번 행복해지고 싶다는 것. 사람 때문에도, 사랑 때문에도 더 이상 상처입지 않을 양철 가슴보다 사람도, 사랑도 그로 인한 상처까지도 품고 뛸 수 있는 따듯하고 강한 가슴이 그에게는 간절했던 거예요.

행복은 외로움이 많아 늘 아픔이라는 친구를 동반하는가 봐요. 조금 아프면 어때요. 아픔을 느끼지 못한다는 건 어쩌면 강하다는 게 아니라 스스로 녹슬어 버릴 준비를 마친 것일지도 모르는걸요. 상처받지 않을 수 있다는 걸 자랑스레 말하는 것, 그만둬요.
자신의 감정에 스스로 무뎌지지 말아요. 결국 당신의 삶을 지켜내는 건 모든 순간을 함께한 뜨거운 심장이니까.

지금, 이미
당신은 가지고 있는.

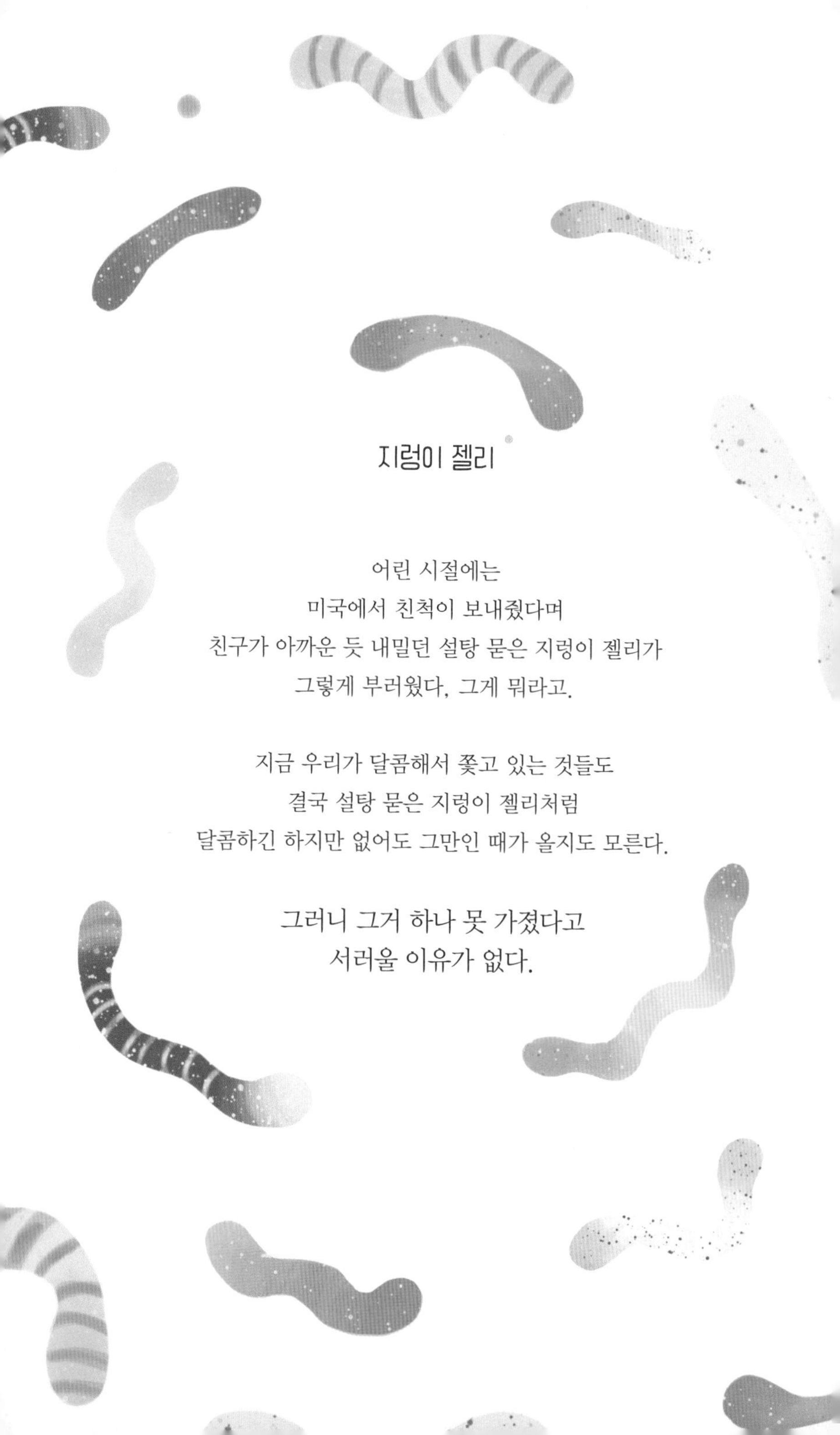

지렁이 젤리

어린 시절에는
미국에서 친척이 보내줬다며
친구가 아까운 듯 내밀던 설탕 묻은 지렁이 젤리가
그렇게 부러웠다, 그게 뭐라고.

지금 우리가 달콤해서 쫓고 있는 것들도
결국 설탕 묻은 지렁이 젤리처럼
달콤하긴 하지만 없어도 그만인 때가 올지도 모른다.

그러니 그거 하나 못 가졌다고
서러울 이유가 없다.

생각보다 당신은 강하답니다

나의 정신력을 지지해주지 못하는 약한 체력
재보다도, 얘보다도 예쁘지 못한 외모
무언가를 시작하기엔 너무 늦어버린 밤

힘을 내란다고 힘을 내기엔 허기진 배
밖으로 나가기엔 너무 춥거나 더운 날씨
슬럼프, 번아웃, 월요병, 연휴 후유증.

아무 힘도, 뭣도 없는 그 뒤에 숨지 말고
앞으로 나와 걸어요.

체력은 지지해주지 않을지언정
당신의 긍정적인 마음은 당신에게 새로운 하루를 선물할 테고
재랑도 얘랑도 다른 당신의 스타일은
누군가의 마음을 빼앗기에 충분하죠.

밤이 너무 늦다면 새벽으로 다시 시작하면 되고
허기지면 먹으면 되고 먹을 게 없으면 친구 찬스!
추우면 북극곰 마냥 껴입으면 되고
더우면 범죄가 되지 않을 만큼만 벗어 젖히면 되고

슬럼프는 극복하라고 있는 것
번아웃은 열심히 일한 표창장 같은 것
월요병은 금요일이 오면 그만
연휴 후유증은 그만큼 자-알 쉬었다는 증거!

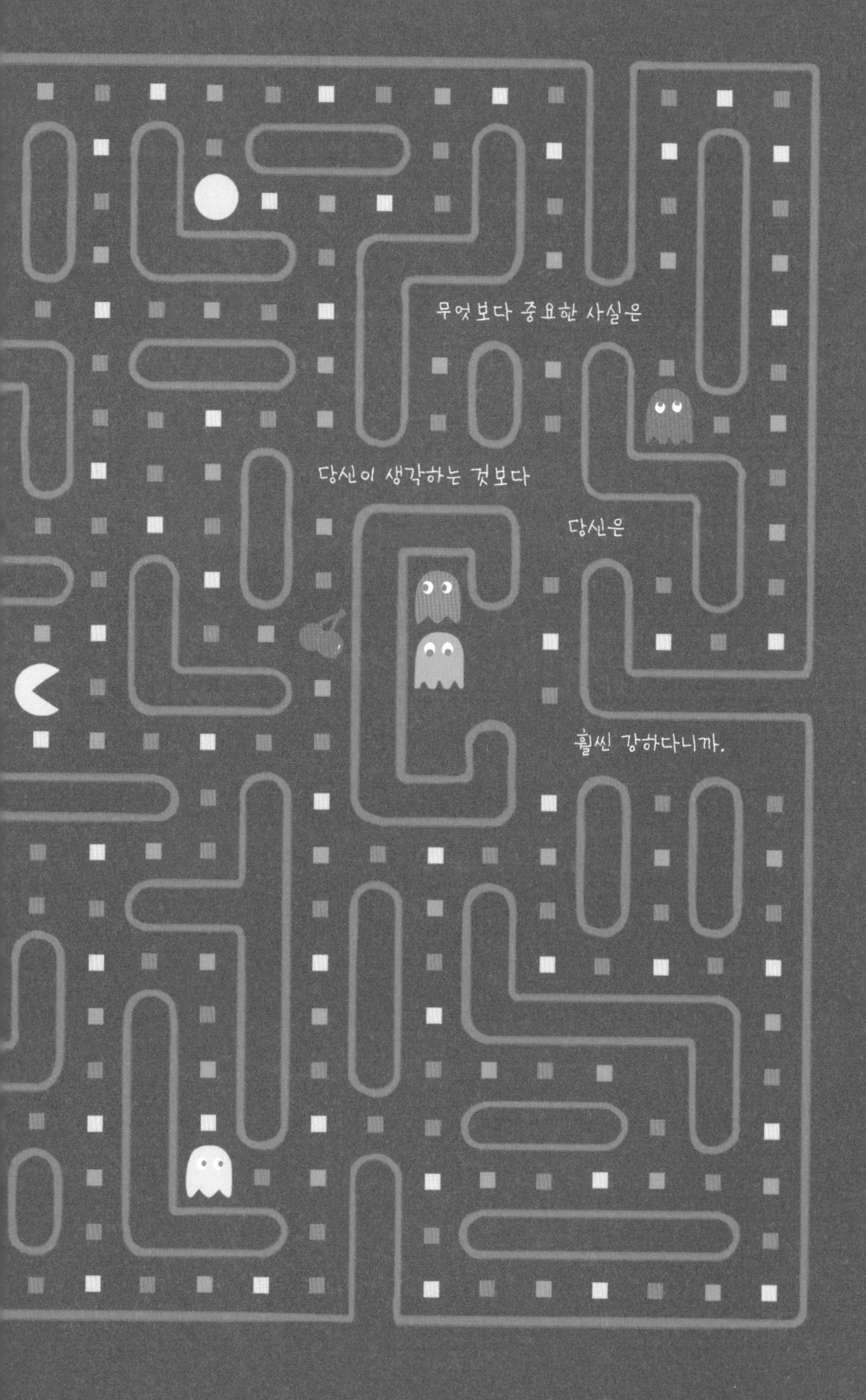
무엇보다 중요한 사실은
당신이 생각하는 것보다
당신은
훨씬 강하다니까.

너무 착한 그대에게

"뭐 먹으러 갈까요?"
"전 뭐든 괜찮아요."

음….

심각한 병은 아닙니다만,
정말 괜찮다고 생각했더라도
자꾸만 밥을 남기게 된다면

늘 다른 이를 배려한다는 이유로
자신을 배려하지 않은 건 아닌지,
당신이 좋아하는 게 무엇인지 알고는 있는지
자기 자신에게 물어보세요.

당신이 좋아하는 것으로 가득 채워보세요.
다 채우지 못한다면
스스로와의 시간이 더 필요한 거예요!

21세기 신데렐라

요즘 드라마 주인공들은 초능력 하나 정도는 가뿐히 가지고 있다. 초능력만 있는가 하면 재력도 쟁쟁. 그뿐인가? 얼굴도 반반, 키도 길쭉길쭉, 넘볼 수 없는 몸매는 물론이다. 그들에게는 늘 신의 가호가 있는지 마음만 먹으면 타이밍은 기가 막히게 맞아 떨어져 그를 그리워하면 그가, 그녀를 찾아 나서면 그녀가, 묻힐 것 같던 거짓 앞엔 진실의 실마리가, 너무 궁하고 어렵다 싶으면 인생역전의 기회가 따악, 하고 나타난다. 그럼에도 불구하고 실연의 아픔이라든가 주변의 시기라든가 하는 인생의 보편적인 시련들은 그들에게도 다가오고, 이를 극복하는 것은 그렇게 모든 걸 다 가졌음에도 어렵다.

그런데 우리는 어떠한가!

초능력은커녕 재력도 없는 데다, 때로 내 얼굴이지만 못 봐주겠다 싶은 날도 일 년 중 며칠은 꼭 있고, 몸매는 늘 다이어트 진행 중. 죽여주는 타이밍은커녕 신데렐라 마냥 착하게 살아도 밤 12시까지 물량으로 팍팍 밀어주며 뒤를 봐주는 요정 할머니조차 찾아와주지 않는데, 고난과 시련의 시간들은 필수로 겪어야 한다.

그렇다니까! 모든 걸 가진 이들도 어려운 것이 삶이니, 우리에게도 삶이란 쉽지만은 않은 게 당연한 거지! 당신의 잘못도, 당신이 못난 탓도 절대 아닌 거지. 그럼에도 불구하고 이만큼이나 버텨냈다니, 이렇게나 열심히 살아가고 있다니!

너 이 짜식, 제법 잘 살고 있구나!
칭찬받아 마땅하다, 우리!

취업 준비

취업 준비를 하던 시절.

사실 나의 자기소개란
더 벅찬, 로망 가득한 무엇이었을 텐데
다음 단계로 걸음을 옮겨야 한다는 초조함은
그 시절의 푸른빛은 외면한 채
"저는 훌륭한 일꾼입니다."라고, 외치게 했지.

알고 있다.
주변을 둘러볼 여유를 갖거나
가슴에 어떤 감정을 담고 걷는 일이
요즘, 참 힘들다는 것을.

그래도 우리 쫄지 말자!
잘난 척하는 누군가가 밀어내고 내치거든
"아, 왜! 뭐가! 왜 안 돼!" 하며 다시 치대는 거다.
천진난만한 패기와 낭만 어린 용기를 빽으로!

그리고 우리, 더 많은 시간이 흘렀을 때
나이가 먹어서 되어버린 억지 어른 말고,
제대로 된 진짜 어른이 되어 증명해 보이는 거야.

세상에는 참 많은 길이 있더라고,
그리고 그 길의 끝이
막히고 끊어져 돌아가야 하더라도
삶에서 진 건, 절대 아니었다고.

결국 우린 해냈고
꿈을 꾸기에 늦은 때란 건 없었다고.

알아요.

누구보다도 열심히 대사를 외우고
밤낮으로 연습했는데
올라갈 무대가 없는 기분.

그런 날엔 다음 페이지로!

나를 믿지 못하는 날에는

"오늘 춥대, 겉옷 챙겨 가."
"이것 좀 먹어, 몸에 좋은 거야."
"이거 사봤자 너 입지도 않아."

엄마의 말은 틀린 적이 없다.

"잘될 거야."

엄마가 나를, 당신을 믿는다.
당신을 믿지 못하는 날이 오거든
당신은 잘되고 말 거라는 엄마의 말을 믿도록.

엄마의 말은 틀린 적이 없으니까.

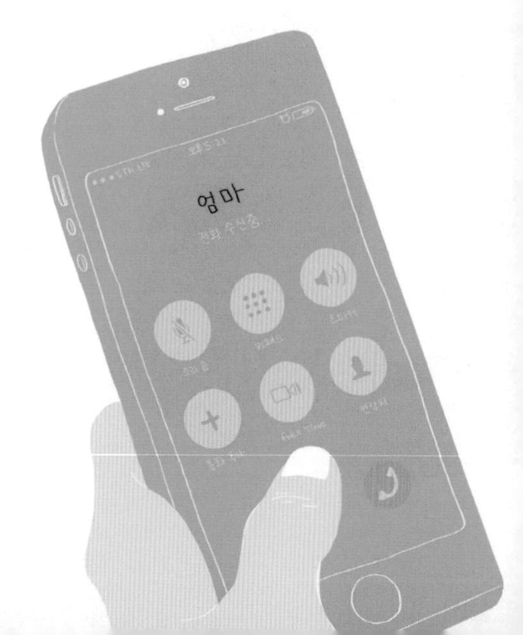

기적

"얼마의 시간이 남아 있든
그건 기적이 일어나기엔
너무나도 충분한 시간이야."

누군가가 나에게 전했던 이야기.

희망조차 느껴지지 않을 때,
우리에겐 '기적'이 남아 있다.

헛소리하지 말라고?

세상이 상식적으로 이해되는 일로만 돌아갔다면
당신이 희망을 버릴 일 따윈 없었을 텐데도?

우리는 그저
기적을 보내줄 이가 보기에
기특할 정도로 열심히 살고 있으면 된다.

당신이 하고 싶은 것은 뭐예요?

따라해보세요.

1. 하고 싶은 일을 저울 아래, 검은 테두리 안에 적는다.

2. 그 일을 해낼 수 있는 이유들을 저울 한쪽에 적고

3. 다른 한 쪽엔 할 수 없는 이유를 적는다.

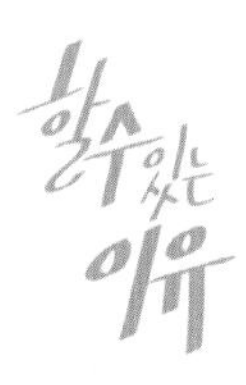

할 수 없는 이유

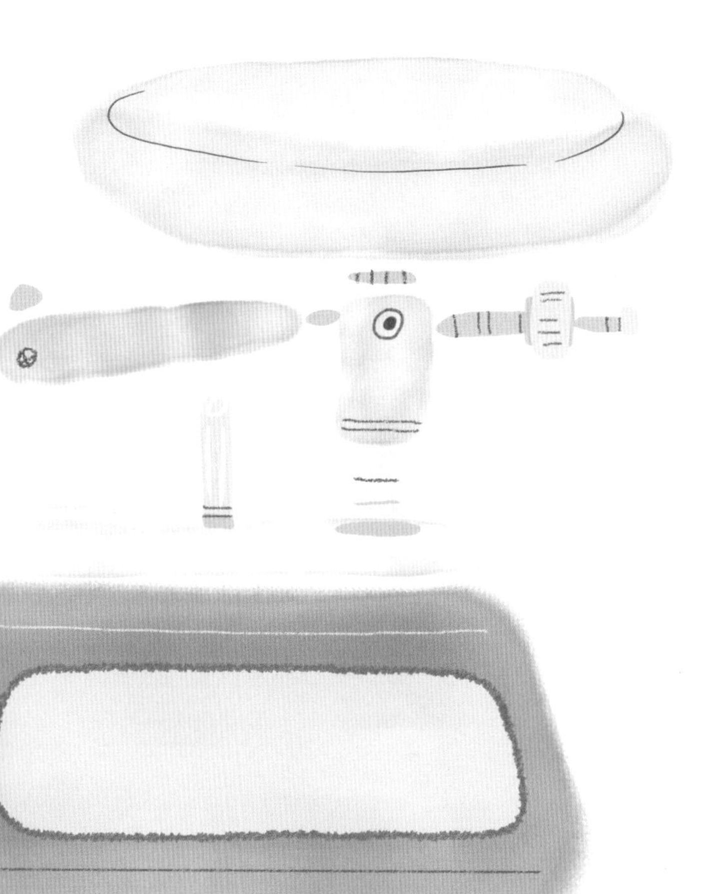

한 번 더 따라해보세요.

1. 한 장을 잡고 가위 선을 따라 오려낸다
2. 위쪽은 덮어둔다(다시는 펼칠 필요가 없다).
3. 아래쪽만 다시 펼쳐서 큰 소리로 읽는다.

당신이 지금 해야 할 일은
할 수 있을지 없을지를
계산하기 전에,

당신이 진정으로 그것을
하고 싶은가 아닌가를
고민하는 거예요.

꿈의 정의

"꿈하고 잘하는 건 다릅니다.
저는 그림을 잘 그립니다. 수술보다 잘할 자신 있습니다.
꿈이라는 건 잘하지 못해도 그냥 하고 싶은 겁니다.
밥을 먹을 때도 생각나고 잠을 잘 때도 생각나는 게 꿈입니다.
저를 기분 좋게 해주는 게 꿈입니다."

–드라마 〈굿닥터〉 중에서–

꿈을 꿈이라 부르지 못하던 때가 있었다.
뛰어나게 잘하지는 못하기에 내뱉고 나면,
혹시나 그 꿈이 상처받을까 두려웠던,
그런 날이 있었다.

하지만 꿈의 정의가
잘하지 못해도 그냥 하고 싶은 것,
나를 기분 좋게 해주는 것이라면

이제는 조금은 당당하게 말할 수 있을까.

내가 정말 하고 싶은 건 [   ]이라고.

내 어깨에
힘 실어줄 기준들

"미쳤구나. 후회할 텐데."
"두고 봐라, 내 말이 틀렸나."

세상은 격려에는 참 인색하더라.
그럴 땐 하는 수 없으니
나라도 내 어깨를 세워줘야지.

숫자로 표시되는 까다로운 무엇이나
인사고과의 한숨 나는 기준들 대신

펜을 댄 중지에 생긴 굳은살이라든가
볼펜 똥이 번져 새카매진 새끼손가락 옆면
누구보다 빠른 영타 속도
빠삭한 엑셀 함수, 포토샵의 단축키
조금 이른 시간 허기진 배도 좋지!

당신도 이렇게 당신 어깨 힘 실어줄
그런 기준을 만들어보면 어떨까?

그게 무엇이든
오늘 하루도 수고 했어, 라고
스스로 자기의 어깨를 으쓱하게 해줄 수 있는.

칭찬은
고래도 춤추게 한다

칭찬은 고래도 춤추게 한대요.

당신은 고래가 아니지만
그래도 칭찬을 받는다면
실룩실룩 흔들거릴지도 모르겠어요.

또한 당신은 고래가 아니라서
흐르는 음악에도 덩실덩실,
맛있는 음식 앞에도 들썩들썩,
사랑하는 사람 곁에 설레발레,
부쩍 자란 자신의 마음에 위 아래 위 위 아래.

그러니
춤을 출 수 있는 다른 이유들을,
당신의 여유를 지켜요.
그러면 칭찬 따윈 안 받아도 그만.

얼마나
아름다우려

밤의 어둠 뒤엔
반드시 태양이 떠오른다.

당신에게 드리운 지금의 우울 역시
곧이어 눈부시게 빛날 무언가의 전조일 뿐.

얼마나 아름다우려
그대는 그리도 아픈지.

무엇이 문제일까요?

급하게 나오느라
미처 못뿌린
향수. 1
늦게 일어나
감지 못한
똥머리 2
왠지 오늘 입은
옷과 안어울리는
양말. 3
사실은
어제도 입은
니트. 4

모두가 자신을 바라보고 있다는 착각,
사춘기 소년, 소녀들만의 이야기는 아닌 것 같다.

아니, 어쩌면 아직 너와 내가, 우리가
아직 사춘기 소년, 소녀인지도 모른다.

스스로 생각하는 것보다
자신이 더 아름다운 모습이란 걸
알지 못하는.

내가 선택한 길이라면

지금 걷고 있는 길이
아무리 갑갑하더라도
결국은 스스로 선택한 거라면
당신이 해야 할 일은

벗어나기 위한 발버둥이 아니라
그 찰나들을 오롯이 느껴내는 것.

그래서
그렇게 갑갑한 곳에서도
숨을 쉬는 법을 배우는 것.

뱁새 vs 황새

나에게 이래라 저래라 말아요.
당신 따라하다
내 가랑이가 찢어져도
당신은 알 바 아니잖아요.

당신의 투명 망토는 무엇인가요?

이건 비밀인데요,
정말 아무한테도 아직 말하지 않은 건데
그래도 당신에게만 살짝 알려드릴게요.

"저, 투명 망토가 있어요!"

네, 맞아요. 바로 그거.
뒤집어쓰면 그 망토 아래의 사람은 투명해져서
다른 사람들에게는 보이지 않게 된다는
바로 그 망토요!

아마도
투명 망토 이야기를 읽으신 분들 중 대부분은
"근데?" 하며 대수롭지 않게 페이지를 넘기셨을 테고
또 몇 분은 비웃으셨을 거예요.
제 가족이나 친구들은
글을 쓰다 맛이 갔나 — 걱정 했을 거고
책을 덮고 떠나간 분도 계실 거예요. 하하하.

그런데 말이에요.
당신이 누군가에게 당신의 꿈을 이야기했을 때도
이러지 않았어요?

누군가는 대수롭지 않다는 듯 외면하고
또 누군가는 당신의 꿈을 비웃겠죠.
가까운 거리의 사람들은 당신을 걱정하고
어쩌면 당신을 떠나간 이들 또한 있을지도 몰라요.

이제 좀 알 것 같지 않나요?
제 이야기를 외면하고 비웃고
저를 걱정하는 사람들은
투명 망토를 모르거나 가져본 적이 없어서
그저 허황하다 생각할 수밖에 없는 것처럼,

당신의 꿈을 응원해주지 못한 그들은
당신과는 조금 다른 꿈을 꾸고 있거나
아직 꿈을 찾지 못한 것뿐이에요.

그러니 이제 상처 받을 필요 없이
두 팔 벌려 그들을 안고
토닥토닥, 당신도 힘들겠구나,
오히려 그렇게 당신의 품으로 그들을 격려해주면 돼요.

자, 이제 다른 이들의 표정에 기죽지 말아요.

누군가가 자신의 꿈을 믿어주고 응원 한다는 것,
사실 그게 투명 망토보다도 더 어려운 마법이니까.

꿈이 있는 모든 분들께
대단하진 못하지만, 작은 마법이 되고 싶은 오늘.

난, 당신을 응원합니다.

허상

당신이 피어나기로 작정했다면
흔들리더라도 피어나고야 말 것.

온전한 당신의 향으로
당신이란 이름의 어떤 존재로.

불안한 마음이 만들어낸 허상,
그 앞에 지지 말아요.
씩씩하게.

이 시대의 몽상가

사전에서는 '몽상'이란 단어를
실현성 없는 헛된 생각이라 정의하지만
실현성 없는 생각 중에 헛된 것은 없다.

비행기도, 컴퓨터도, 로봇과 스마트폰도
이 모든 것이 당연하지 않았던 시절
누군가의 몽상에서 시작했을 테니까.

현실에 갇혀 있는 이들이 미처 해내지 못하는,
혹은 해낼 수 있을 거라 여기지 않는 꿈을 꾸고
한계라는 것 역시 현실이기에 존재한다는 생각으로
원하는 곳에 완벽히 닿을 수는 없더라도
가까이는 다가간, 몽상가들이 만든 지금의 세상.

그러니 당신 역시 가끔 또 자주
미친 것 같은 꿈을 가져보는 것,

정말 정말 괜찮아.

당신이 다음 세상을 만들
이 시대의 몽상가니까.

"누가 미친 거요?
장차 이룩할 수 있는 세상을 상상하는 내가 미친 거요?
아니면 세상을 있는 그대로 보는 그대들이 미친 거요?"

– 《돈키호테》 중에서 –

명언은 잘못이 없다

"할 수 있는 것에 최선을 다하되
할 수 없는 것은 체념할 줄 아는 게 용기래."

1년 동안 300번의 체념 후 그가 들려준 이야기.
그렇게까지 용감할 필요가 있는 걸까.

그에게 최선이란
왜 그리도 체념보다 못한 말이었을까.

말도 안 되는 세상이라서

갖지도 못했는데 포기하는 법을 먼저 배우는,
사랑과 꿈보다 숫자가 우선인
이런 말도 안 되는 세상이라

당신 꿈꾸는 그 말도 안 되는 일 역시
충분히 일어날 수 있어.

말도 안 되는 세상도 우리 눈앞에 버젓이 있는데
말도 안 되는 꿈이라고 못 이룰 이유는 뭐야.
안 그래?

다만,
말이 되는 꿈을 꾸는 이들이든
말도 안 되는 꿈을 꾸는 이들이든
행동하지 않는 모두는 결국 똑같으니

당신은 반드시 내딛을 것.

명화

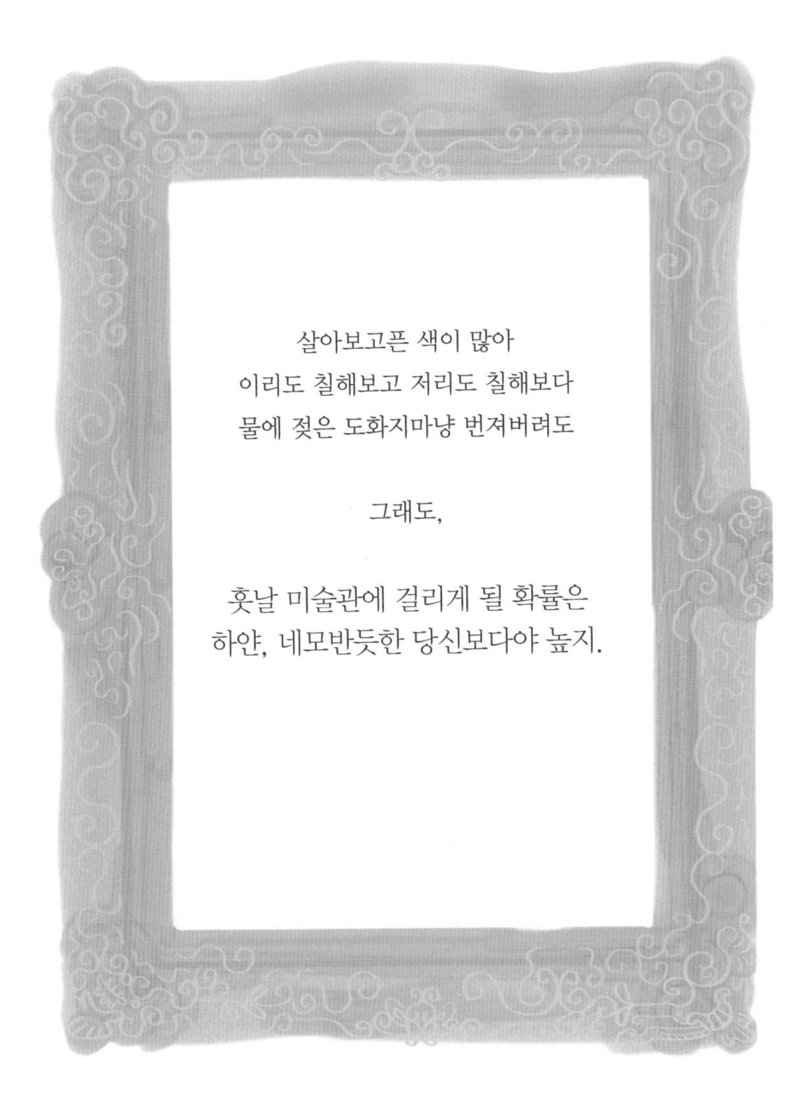

살아보고픈 색이 많아
이리도 칠해보고 저리도 칠해보다
물에 젖은 도화지마냥 번져버려도

그래도,

훗날 미술관에 걸리게 될 확률은
하얀, 네모반듯한 당신보다야 높지.

흔들리고
망설이고
겁먹고
눈치보다 보면

어느새 자기소개엔
당신은 사라지고

몇 해를 살았단
숫자만 남아요.

우린 어쩌면

우린 어쩌면
스무 살 서른 살 마흔 살이 아니라

두 번째 열 살
세 번째 열 살
그리고 네 번째 열 살을

서투르지만
아름답게
살아내고 있는지도 몰라.

"지은아."

가을, 새벽 네 시. 너에게서 메시지가 왔다. 그저 이름을 불린 것뿐인데, 축하할 일이 생겼구나, 하고 직감했다. 너는 큰 시험을 끝낸 후였는데 결과를 초조하게 기다리고 있기 싫다며 여행을 떠나 있었다.

시험 결과를 묻는 이가 있거든 입에다가 접시를 던지겠다던 너였는데, 이제 마음껏 궁금해해도 좋겠구나, 하고 안심했다. 이제 막 세상으로 나아가는 문턱에서, 문득 우리의 서툴렀던 시작들이 떠올랐다. 사랑도, 사람도, 삶 역시 내밀어 자랑하기엔 부족함 투성이었던 그때.

"안녕, 이름이 뭐야?"

우리가 처음 만났던 건, 스물의 이른 봄날이었다. 영어 교과서 스크립트 같은 대사가 우리의 첫 인사였다. 그때 누군가를 사귄다는 것은 이토록 간단했다. 사람을 마주한 머리가 바쁘지도 바쁠 것도 없었다. 상대가 어떤 사람인지를 먼저 알아보고 인연을 만들어나간다기 보다는 누구든 내 앞에 놓였다면 이미 인연이 시작된 것이라 믿었으니까. 그 모든 인연을 잃지 않으려 지금은 차마 용기 낼 수 없을 정도의 시간과 에너지를 쏟았었다. 멀어져가는 이들 앞에서는 연인도 아니면서, 사실 당연한 헤어짐이나 어쩔 수 없는 공백을 서러워하기도 했다. 처음부터 영원히 함께해줄게, 하고 약속한 사이도 아니면서 등 돌리는 이들을 참 많이 원망하고 또 미워했다. 딱 그 만큼 더 그리워질 줄 모르고.

"언니, 사랑이 뭐예요?"

까만 봉지에 소주 한 병, 맥주 두 병을 담아 언니들을 찾아가던 여름밤이 있었다. 그때의 사랑이란 피아노를 배우는 어린 아이가 처음으로 접한 반내림처럼 단순한 듯, 그러나 복잡하고 어려웠다. 벚꽃과 함께 자연스레 피워낸 각자의 사랑은 가을이 채 오기도 전에 시들어 떨어졌고 벚꽃에만 흔들리는 줄 알았던 우리 가슴은 파도에도, 단풍에도, 눈발에까지도 시도 때도 없이 흔들렸다. 사랑이 도대체 뭐냐는 우리의 물음에 겨우 몇 살 많은 언니들 역시 명백한 답은 주지 못하는 게 당연했다. 그래도 그때는 언니들이 정말 큰 어른인 것만 같아서 술 탓인지 시간 탓인지 이제는 기억나지도 않는 이야기들에 끄덕이며 삶의 진리라도 알아낸 것만 같은 기분에 뿌듯해했다.

"나 뭐해먹고 살지?"

뭔가 뭉클한 꿈이 있는 것 같았다. 하지만 무엇인지 어렴풋하기만 했다. 이미 현실에 놓여있는 우리의 두 발이 향할 수 있는 곳이란, 누군가의 말처럼 '어디든'일 것 같다가도 사실은 그렇지 못했다. 자기 코가 석자임에도 곁에 있는 서로가 꿈 앞에 좌절하면 내 일인마냥 부둥켜안고 울어버리는 것으로 그 슬픔이 나눠서 진다 믿었다. 지금 생각해보면 왜 그렇게 목숨을 걸었나, 싶을 정도로 어떤 시험에도 말 그대로 목숨을 건 것 마냥 심각해했다. 그렇게 절박한 듯 살아가다가도 꿈은 꿈속에서 만나자며 대책 없이 술잔을 기울였다. 아이 같은 단순함과 작별하는 과도기였을 것이다.

"오늘은 뭐하지?"

적당한 쓸쓸함이 번진 하늘 아래, 빗방울이 또박또박 기숙사 창가를 때리던 날이었다. 컵 라면 두 개의 매콤한 향이 습한 공기 사이를 송송히 메웠다. 외롭다, 뱉어낸 대신 후루룩 삼킨 면발로는 허기진 배를, 마주앉은 너로는 허한 가슴을 애써 채웠다. 우리는 수수하다고 하기엔 좀 더 칙칙한 얼굴로 부숭한 수면 바지를 입고 마주앉아 있었다. 우리는 왜 남자가 없는 걸까, 프리허그도 있던데 프리미팅이라도 해보면 어떨까, 최근에 그 사랑은 어땠더라, 어떻게 끝이 났더라. 서로의 찌질함과 사랑스러움을 키 재듯 논하며 시간 위를 뒹굴 거렸다. 내 스물의 초상은 그랬다.

자, 이제는 당신이
내게 당신의 이야기를 들려줄 차례.

오늘은 정말이지 당신과
짠, 하고 싶은 밤이다.

이제는 어렴풋해졌을 스물,
그러나 선명히 기억할
어떤 밤을 나누고 싶은 날이다.

서투르기에 더욱 아름다웠던
우리의 시간들을.

친구와 함께하고 싶은 술을 그려 넣고
사진을 찍어 보내보세요.

[행운의 그림]
이 그림은 당신의 친구에게서 최초로 그려져, 받는 사람들에게 행운을 주었습니다. 당신 역시 그 행운의 주인이 되기 위해서는 지금 당신에게로 옮겨진 이 그림 속 술을 7일 안에 실제로 구입하여 이 그림을 보낸 당신의 친구와 나눠 마셔야 합니다. 미신이라 하실지 모르지만 이것은 실제 상황, 사실입니다.

짠을 하고 싶은 밤에

어른이 되어 간다는 것은
단순한 듯 복잡한 고민들로 가득했다.

그런 고민들로 잠 못 이루던 짠을 하고 싶은 밤,
함께 지구의 자전을 느껴준
나의 친구 [   ]에게

건배.

술 앞에서도
네 앞에서도
취해주는 게 예의지.

공짜 안주

누구나 겪는
성장통을 겁내지 말아요.

늘 그랬듯 시간이 조금만 지나면
살아가는 내내 심심치 않은 안줏거리가 되어줄 거예요.

아프면 아플수록 공짜 안주는 더 늘어날 테니
아플 때 바짝 아파두는 것도 나쁘지 않아요.

비어 있는 메뉴판에는
여러분의 안주가 되어준 이야기들로 채워주세요!

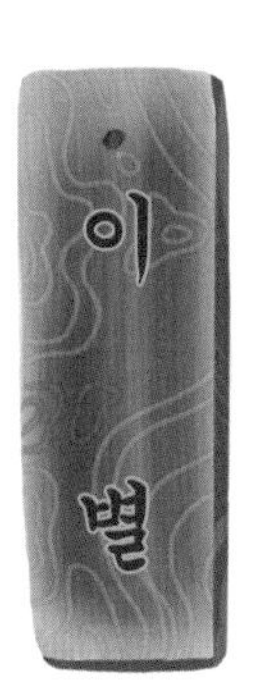

From.
놀이기구 문지기

기억하니?
난 여전히 놀이기구 입구에서 아이들의 키를 재어주고 있어.
규정된 키보다 작다는 이유로 놀이기구를 타지 못해
울음을 터뜨리는 아이들을 보는 건, 여전히 곤혹스럽지만
나에겐 뭐니 뭐니 해도 그들의 안전이 우선이니까.

난 아직도 그날을 생생하게 기억해.
유모차 안에 누워 있던,
걸을 수는 있나 싶을 정도로 작은 아이와
눈이 마주쳤던 그날.

당연히 이 놀이기구엔 오를 수 없겠구나, 생각했는데
그런 내 생각을 눈치챈 모양인지
미끄럼 타듯 유모차를 쏜살같이 빠져 나와
입술을 꽉 물곤 놀이기구를 향해 돌진하던 모습.
그 모습을 떠올리면 아직도 심장이 벌렁거려.

그날 밤이었던가.
음악도 불도 꺼진, 적막한 놀이공원 안.
발길 끊긴 놀이기구 앞에서 나는
원하는 것을 향해 겁 없이 돌진하던 그 모습을
몇 번이고 다시 떠올렸어.

가고 싶은 곳에 향한 그 눈빛이,
내딛을 수 있는 그 용기가 얼마나 부럽던지.

그래, 이제 기억나?
너의 그때가 생각이 났다고.

지금도 원하는 것을 향해 거침없이 뛰어가고 있어?
네가 꼬마 시절 그랬던 것처럼.

혹시 망설이는 일이 있다면,
일단 달려가 봐.

그토록 작았던 어린 시절에도
넌 해냈는걸.

결과에는 반드시 과정이 따르는 법

하루에 또 하루
결코 되풀이 되지 않는
시간들을 마주하면서

이 시간을 풀어낼 방법을 찾지만
늘 정답다운 답이란
언제나 한걸음 느리게 다가오고,

내가 할 수 있는 건
그저 최선의 노력으로 나아가는 것.

언제까지고 청춘

다들 늦었다고 한다.

무언가 새로운 걸 배운다거나
다시 어떤 일을 시작하기에는.
건강을 찾는 것과,
사랑까지도.

청춘은 되돌릴 수 없는
이미 지나온 시간의 한 구간이지만
그 시절 지녔던 청춘의 가슴엔
끝없이 미련을 가져야 한다.

당신이 포기하지 않는 한
그 낭만과 푸른 생기는
언제고 당신의 것이니까.

무언가 새로운 걸 배운다거나
다시 어떤 일을 시작하기에
건강을 찾는 것과
사랑까지도
결코 늦지 않은.

사회 초년생

이제 막 사회 초년생이 된 이들은
크리스마스트리 아래의 아이들 같아요.

선물 하나씩을 골라 들고는
내가 갖고 싶은 게 무엇이었는지는 잊어버린 채
그저 네가 고른 것이 더 좋은가
내 것이 더 좋은가 눈치를 보는.

당신은 어때요?

당신 걷고 싶던 그 길 위에 서 있나요.
아님, 다른 이가 걷는 길을 흘끗 바라보며
눈치만 보나요.

너무 많은 것이
너무 쉽게 잊히더라도

당신이 꿈꾸는 것
당신이 좋아하는 것

‘당신’만큼은 잊지 말아요.

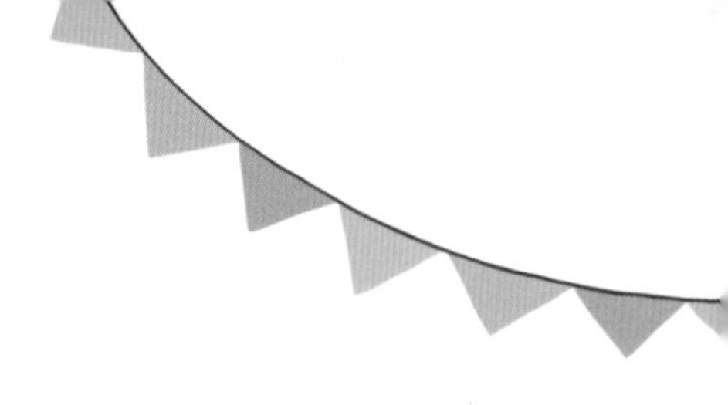

내가 넘어지거든

넘어지면 사실 아픈 것보다
납작 엎드린 뒤태가 부끄러워서
주변을 둘러보게 되는 게 사실.

찌릿한 상처에 서러운 마음에
눈물은 핑 돌겠지만, 어쩌면 핑 돌다 못해
지질하게 주르륵 흐를지도 모르지만

내가 넘어지거든
너무 걱정 말고 누구보다 크게 웃어줘.

어차피 일어나야만 하는 일인데
가식적인 손길이나 마음 비어 있는 위로 속에서
울상으로 우물쭈물 하는 것보단,

별 거 아니라고, 이겨낼 수 있다고
나를 믿고 웃어주는 네 곁에서라면
툭툭 털고 일어날 용기가 생길 것 같으니까.

넘어지고 헤매는 것 모두,
담담히 바라 봐주다가

먼먼 훗날
수고했다, 말해주세요.

뒤돌아보지 마요

계속 걸어요.
잘하고 있는데
왜 자꾸 뒤를 돌아봐.

당신의 길이잖아요.

당신이 제일 잘 알고 있는.

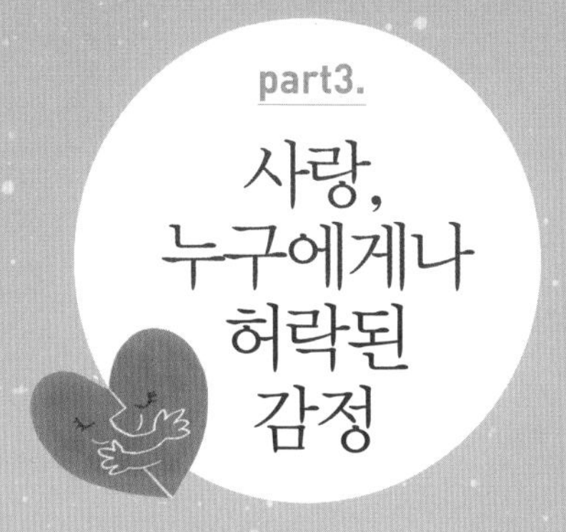

part3.

사랑, 누구에게나 허락된 감정

이별, 그 후

왜 떠나야만 했는지와 같은
이해되지 않았던 것들이
명료하게 이해되는 것,
그것이 오히려 가슴 뻐근한 일이 될 수도 있다.

이별 후에는 차라리 모르는 게 나은 것들이 많다.
변명으로라도 당신을 달래줄 그는
떠나고 이젠 없으니.

그 덕분에
눈물 지어본 눈동자로
한껏 아파본 가슴으로
조금 더 성숙한 당신이 되어
또 다시 사랑할 용기를 갖는 것,

그게 그가 떠난 이유를 이해해내는 것보다
당신을 위한 일일 테다.

끝내면
끝나는 자리

토요일 오후의 카페, 허리를 뒤로 잔뜩 젖히고 앉은 남자와 앞의 테이블로 힘껏 몸을 기울인 여자. 그들 앞에 놓인 커피 두 잔에는 아직 은은한 온기가 남아 있다. 테이블 위로 눈부신 석양이 아름답게 스며들지만 그녀에겐 서두르는 태양의 퇴근이 그저 야속할 뿐이다. 그녀의 노력으로 소소한 대화가 아슬하게 이어지던 중 그에게 전화가 울린다, 그를 찾는 그의 친구들. 술자리가 있는데 언제 올 수 있느냐고 묻는 모양이다. 손목을 올려 시계를 흘끔 바라본 그는 오래지 않아 대답한다.

"끝내면 끝나."
그랬다.

끝내면 끝나는 자리.
놓으면 놓아질 마음.
해지기 전엔 헤어지는 게 나은 사이.

그녀도 알고 있었다. 이미 마음이 떠난 이의 걸음을 멈춰 세우려는 안간힘, 그 덧없음을. 다만 닿을 수 있는 거리에 있을 때 조금이라도 더 바라보고 또 멋대로 기대보고 싶었을 뿐이다. 결국 그는 떠나갔고, 그녀는 붉어진 눈으로 기다리겠노라 마음을 머금었다. 하지만 세상엔 기다리지 못해서, 라는 이별보단 기다렸는데도 불구하고, 라며 맺어지는 이별이 훨씬 많았다.

그렇게 또 한사람을 떠나보낸 그녀의, 나와 당신의 어떤 계절이 있었다. 사실 무언가를 잃어버리는 일이란 그리 대단한 사건이 아니다. 당신도 그랬듯 나 역시 열쇠를, 일기장을, 귀걸이 한쪽을, 지갑과 카메라, 핸드폰까지 몇 번이고 잃어버리고 또 잃어버렸다. 그때마다 매번 속상하고 허망해했던 건 어찌할 수 없었지만 그래도 금세 덤덤해지곤 했다. 그런데 사람을 잃어버리는 일, 이것 역시 한두 번이 아닌데, 이것만큼은 매번 왜 이렇게 겁이 나고, 덜컹거리는 마음이 몸 밖으로까지 튀어나와 부산스럽게 구는지.

누군가 떠나간 자리는 오래도록 시리다.
사람이 벤 상처가 가장 아프다.

더 할 것도 덜할 것도 없이 그런 게 이별이었다. 괜히 아프고 힘든 게 아니다. 그러니 이별 중은 한껏 아파하고 마음껏 울기를. 그렇게 오롯이 현재의 통증을 느낄 뿐. 씩씩한 척, 덤덤한 척하며 그 상처를 덧내지는 않기를.

당신을 사랑해줄 사람,
당신이 사랑하게 될 사람이
벌써 저만큼 오고 있으니

그래, 어서 기운내야지.

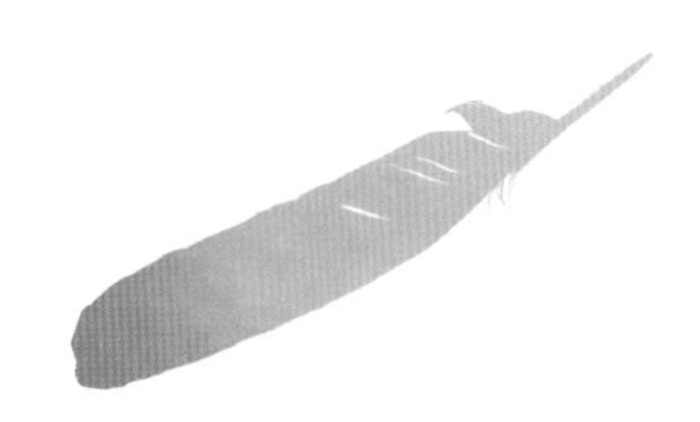

이별의 보편성

어린 시절,
줄을 서가면서까지
싫어도 맞닥뜨려야 했던 것들이 있다.

학교에서 예방접종 주사를 맞는 날,
넘지 못하는 뜀틀을 앞에 두고
넘어보려는 척이라도 해야 했던 날

싫어도 내 차례를 준비해야 했고
싫어도 내 차례는 오고야 말았다.

가끔 그때 같은 기분이 들 때가 있다.
평화로운 일상, 그럼에도 불구하고
싫은 무언가에 가까워지고 있는 듯한 불안감.

긴 연애의 권태로움이라든지
먼 연애의 위태로움이라든지

보통의 어긋남뿐인데도
세상의 어설픈 공식과 맞물려
한참을 그토록 서럽게 하는,

예방접종 주사마냥 잠깐 따끔하고 말 수 있을까.
결국은 와르르 무너져버린 뜀틀 앞에서처럼
잠깐 창피하고 말면 괜찮을 수 있을까.

이별이란 거, 헤어진다는 거
그럴 수 있을까.

아니, 정말 내 차례도 오고야 말까.

이별 선생의 강제 특강

잊어야 하는 사람을
한 명 더 만든다는 것,
별 일 아니라고
누군가 나에게 가르친다.

그런 거 배우기 싫었는데도.

오늘은 아이라이너를 그리면 안 되는 날

욕심 많은 인간에게
아름다운 이별이라뇨.

그냥 울어요.

짝사탕

어느 겨울, 푸른 저녁
이름도 모르는 낯선 정류장에서
손이 시린 줄도 모르고 핸드폰만 만지작거렸더랬지.

버스를 몇 대나 그냥 보내면서도
시간의 걸음 따라 모두 떠나버린 적막함에도
난 마치 이 세상일엔 관심 없는 사람처럼, 그저.

끝까지 미워할 수조차 없도록 당신은 너무 늦지 않게,
묽은 어둠이 이제 막 번질 때 즈음에만
전화를 걸어오곤 했거든.

당신은 이 전화를 받는 사람이
꼭 나여야 하는 것도 아니었고 딱히 만나자는 이야기도 없이
그저 시시콜콜한 당신의 외로움을 쏟아내었어.

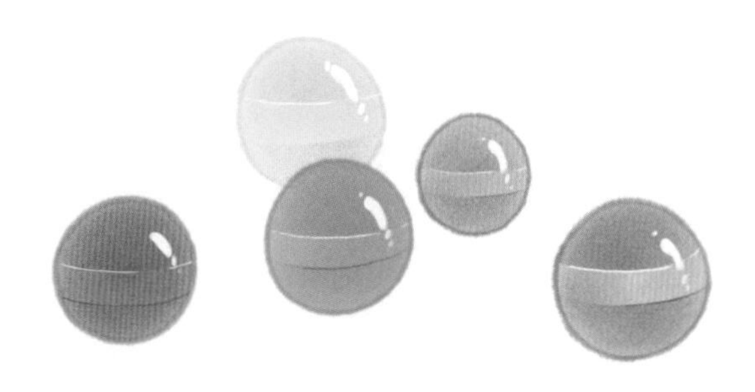

그럼에도 불구하고,

당신의 이야기가 그리웠는지
당신의 목소리가 그리웠는지
당신의 외로움이 그리웠는지
결국 당신이 그리웠지.

때로는 울리지 않는 전화였지만 사실 그런 날이 더 좋았어.
목소리가 닿아 있지 않을 때에야
하고 싶은 말을 할 수 있는 그런 사이도 있더라구.

당신의 이야기가.. 당신의 목소리가
당신의 외로움이 아니라

당신이 너무나도 보고 싶다는 그런 이야기.
그런 사이 말이지.

마음껏 울지도 못하고
화내지도 탓해보지도 못한 채
그저 참으면서 삼켜낸 것.

그래도 돌이켜 보니
달콤했던.

겁낼 것 없어요

돌아와야 할 것을 알면서도
우리는 여행을 떠나요

사랑이라고 뭐 다르겠어요.
겁낼 것 하나 없어요.

언제나 지금이라고 일컫는 날이
내 삶 중에 가장 어린 날이라던데,
지금 아니면 언제 이런 사랑을
언제 또 해보겠어요.

서투르면 서투른 채로,
서글프면 서글픈 채로,
그저 마음가는대로,

실컷 사랑해요, 우리.

어떤 음악

어떤 음악을
가만가만 듣고 있으면
그 음악을 즐겨 듣던
어떤 시간이 생각나서,

그때의 풍경과 사람,
낯익은 공기와 감정까지도
몽땅몽땅 생각나버려서.

누군가
사랑해본 적 있나요?

진한 보라빛 매니큐어를 칠했다.

예쁘다고 말해주는 친구 앞에서
나도 모르게 손가락을 접어 감추고 당황하며
그가 없음에 아차, 싶었다.

얼마나 길들여져 있던 걸까.

그렇다.
진한 매니큐어 색을
'징그럽다' 표현하던 사람이 있었고
그런 그더라도 사랑스럽게 바라보던 시절이 있었다.

그와 만났던 어느 날
깜빡하고 진한 매니큐어를 미처 지우지 못했다.
누군가가 내 손을 끌어 예쁘다 칭찬해주었고
몇 분이나 공을 들였으면서
그가 보고 있는 앞에서라는 이유로
괜스레 서글퍼졌다.

그날 이후로 좋아하지도,
한번 칠하지도 않을 살구빛 매니큐어를 모으던
그런 여름날이 있었다.

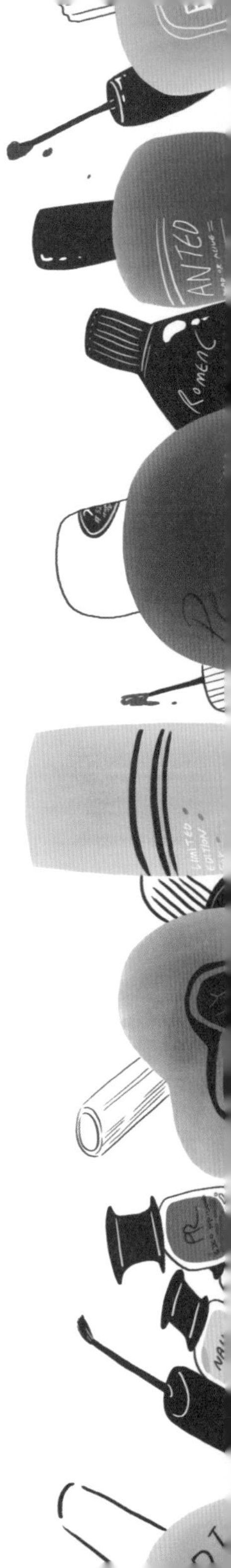

기다림

누군가가
한 시간에 한 번꼴로 오는
버스를 기다리는 내게
힘들지 않느냐고 물었다.

언젠가는 꼭 돌아오는 것을
기다리는 일은 전혀 힘들지 않다.

돌아오지 않는
세상의 무수한 기다림에 비하면.

많은 뒷모습들을 기억한다.

놓쳐버린 버스의,

먼저 떠난 택시의,

전학가던 친구의,

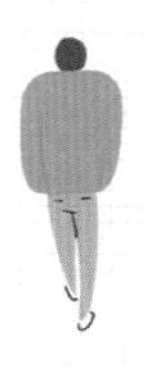

뒤돌아가던 사람의

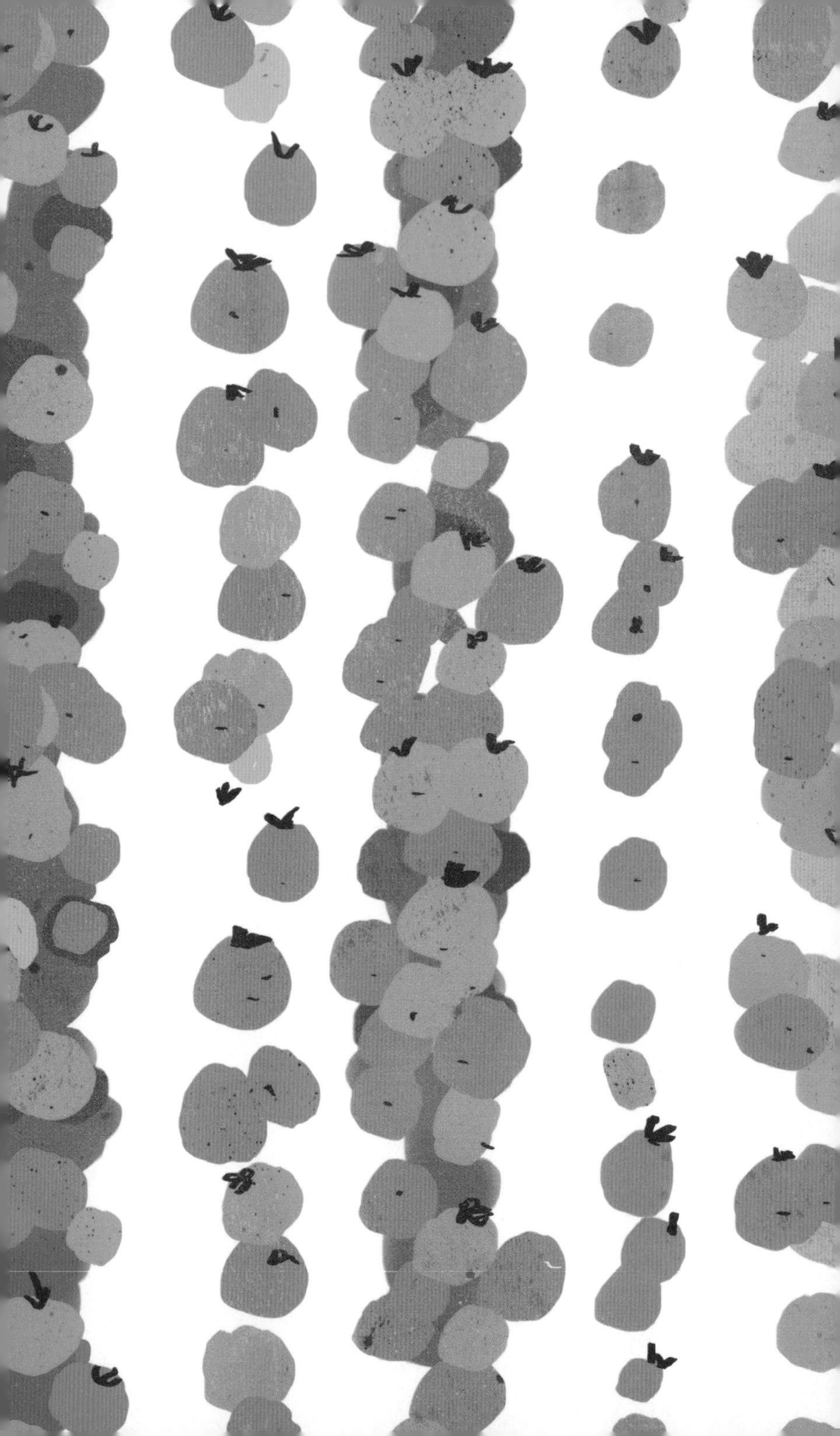

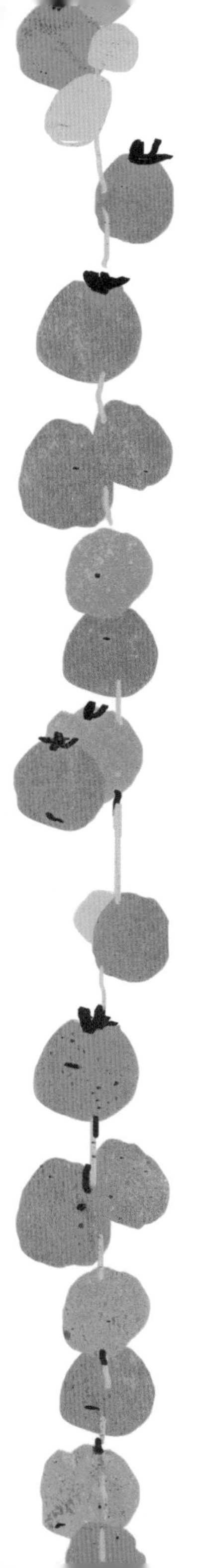

찌르지 마

애매한 말과 행동으로
당신을 혼란스럽게 하는
누군가 있다면
꼭 기억하자.

상대가 확신을 주지 않는 이유는
당신이 부족해서가 아니란 것.

감정과 관계 앞에
아프고 다칠 용기도 각오도 없이
순간의 달콤함만 취하려 하는 그는,

탐스러운 당신의 사랑을 받기엔
아직 터무니없이 부족한 사람이란 것.

그러니
당신을 위해서

용감한 당신이 먼저 물러날 것.

반쪽

반쪽을 찾아다니다 보면

내가 정말 반쪽뿐인 것만 같아
시간이 흐를수록 기만 죽어요.

차라리 허한 마음
스스로 차곡차곡 채우다 보면
시간이 흐를수록 당당해지니,

그런 당신에게
반하지 않을 수 있는 사람, 있겠어요?

사탕

사탕 준다고 따라가는
순진무구한 어린 애는

이제 되지 말아요.

사탕 주고 싶은
네가 따라오라는

영악하고 매력 있는
당신이 되길.

언젠가는 특별했던,
지금은 흔해 빠진

닮은 모습에
심장이 쿵, 떨어지지만,

뭐, 흔한 얼굴이었네.

귀찮게.

밀당금지

잘난 척 놓아버리고는
따라오겠지,
슬쩍 돌아볼 그 거리에
그 사람은 절대 없을 거니까

잡아줄 때
그 손 놓치지 마.

새로운 인연을 겁내지 말기

나 역시 그랬고
모두가 그렇게

익숙함과 낯섦 사이를
몇 번이고 오가며

그렇게 살아가는 거니까.

다시 사랑해도 될까요

찬바람 사이사이를 비집고
내게 닿은 햇빛은
당신을 닮은 마음 같았어요.

그 마음을
사랑해봐도 될까요.

찬바람 불기 전 이야기
모두 잊고서.

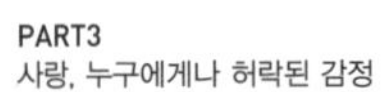

계절의 마음

눈 내리던 겨울 창가. 눈송이가 피어나고, 닿고, 방울져 결국 도르르 굴러 떨어졌다. 하늘 아래 계속되던 그 무한한 반복. 문득, 아픈 기억에 새로운 사랑을 망설이고 있던 나에게 계절의 마음이 전해져오는 듯했다.

피어난 모든 것은 언젠가는 사라져야 하는 것이 자연의 순리란다. 하지만 시간이 지나 결국이라는 단어가 다시금 모든 것을 거두어 가더라도 잃어버릴까 봐 마음 쓰게 되는 풍경, 사람이 있다는 지금 이 순간만큼은 그 이상의 아름다운 몫이 되어줄 거라고, 애매한 감정의 거리에서는 사랑해, 그 좋은 말 건네지도 못하니 성큼 다가서 냉큼 사랑하라고. 그렇게 선명히 느껴지는 감정과 당신 앞의 사람을, 당신 안에 진하게 번져내라고.

무엇 때문이었는지, 코끝이 붉게 물들던 겨울이었다.

저기요,
저도 자존심이 있거든요.

이렇게나 아름다운 나를 받아들고도
저렇게나 아리송한 표정을 짓는 사람이 있다니!

당신이 두려워하는 게 무엇인지 알아요.
그런데 그거 알아요?

세상에 지지 않는 꽃은 없지만
그렇다고 아름답지 않은 꽃도 없다는 것.

그만 울상 짓고
이제 좀 내 향기도 맡아보고 그래요!
생각보다 끝내 준다니까??

다시 사랑이란 걸 한다면

사랑이란 걸 한다면
감성이 닿아 있는 사람이었음 좋겠다.

이렇게나 쓸쓸한 날씨엔
당연하단 듯 곁을 지켜주는
그래서 그런 날씨까지도 사랑하게 만드는
그런 사람을,

적당히, 가 아니라
아주 많이.

그 사람의 어떤 소식을 들어도
가슴이 철렁 내려앉지 않는 건,

드디어 당신의 가슴이
새로운 사람을 향한
여행을 시작했다는 것.

꽉 잡아요.
정신없을 테니까!

있잖아, 우리

세상살이에 지칠 때쯤
한 번은 꼭 만나자.

야, 내가 널 얼마나 좋아했는데
늦은 고백을 하고는
이불 속 발차기로도 해소되지 않을
간지러운 기억들을
하나하나 꺼내놓자.

오늘 우리 이야기는 지금까지 그랬듯
앞으로도 우리 둘만 아는 거라고
어린 시절 그랬던 것처럼 손가락 꼭 걸고.
누군가에게는 사랑이었던 사람,
그게 바로 우리라며
그 기억으로 더 반짝이며 살아가는 거야.

그래,
세상의 풍파 속
풋풋함은 잃었지만

그만큼 우리
더 사랑스러워진 모습으로.

그럴담
참 좋겠다

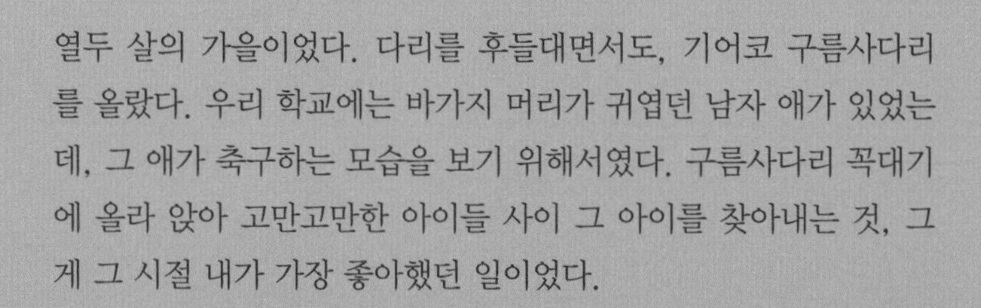

열두 살의 가을이었다. 다리를 후들대면서도, 기어코 구름사다리를 올랐다. 우리 학교에는 바가지 머리가 귀엽던 남자 애가 있었는데, 그 애가 축구하는 모습을 보기 위해서였다. 구름사다리 꼭대기에 올라 앉아 고만고만한 아이들 사이 그 아이를 찾아내는 것, 그게 그 시절 내가 가장 좋아했던 일이었다.

'인형데이'라는 날이 있었다. 어른들의 상술에 속은 우리 어린이들이 마음을 고백하기에 핑계 삼기 좋은 날 중 하나였다. 그날 역시 구름사다리 위에서 그 애의 축구 시합을 구경하고 있었다. 그때 몇몇 친구가 나에게 예상치 못한 이야기를 해주었다. 그 애가 나에게 주려고 인형을 사는 걸 봤다는 것이었다. 하지만 날이 점점 어둑해지는데도 그 앤 인형은커녕 어색한 채 인사도 없이 그냥 갈 모양이었다. 친구들의 부추김 끝에 나는 결국 그 아이를 붙잡았다.

"운동장에서 기다릴게. 내 선물 준비했다며."

말해버렸다. 심장이 쿵쾅댔다. 제법 추운 가을밤이었음에도 양 볼이 후끈거렸다. 5분도 채 걸리지 않고 집까지 한달음에 달려갔다 돌아온 그 애의 손에는 노란 오리인형이 들려 있었다.

풋풋한 해피엔딩으로 보이지만, 실제로는 골치 아픈 일들의 시작이었다. 그 나이 무렵 아이들에게는 누군가를 좋아하는 마음이 가장 흥미진진한 놀림감이지 않은가. 때문에 어째서인지 당사자들에게는 부끄럽고 어려운 것이었다. 남자 애들은 짓궂게 장난을 걸었고, 그 애를 좋아하던 여자 애들은 나를 참으로 못살게 굴었다. 놀이터며 화장실이며 얼레리꼴레리 낙서가 되어 있었고, 복도를 걷다 보면 예쁘장한 여자 애들이 일부러 툭툭 부딪치고 지나갔다. 순정만화 속에서는 그럴 때 남자 주인공이 두둥, 하고 나타나서는,

"내가 좋아하는 애 괴롭히지 마!"

하고 간지러운 대사를 잘도 날리던데, 우린 점점 더 서로의 얼굴도 제대로 쳐다보질 못했다. 좋아한다는 감정이 어떤 건지는 알았는데 그래서 뭘 어떻게 해야 서로 더 가까이 다가설 수 있는지는 알지 못했다. 결국 좋아한다는 그 한마디를 건네지 못했다. 순수했던 만큼 수줍었던 우리는 무엇도 어찌하지 못한 채 더 어색해지고 어려워지다 결국은 그 애의 마음이 먼저 멀어져버렸다.

아무래도 좋았다. 반이 달라 만나기 어려웠어도 전교 회장을 맡은 덕으로 운동장 조회 날은 구령대 위에서 그 애를 오래오래 볼 수 있었으니까. 운동장 조회가 세상에서 제일 싫고 그 다음으로는 교장 선생님의 훈화 말씀을 싫어하던 내가 운동장 조회 날은 맑기를, 교장 선생님이 마지막으로 한마디만 하겠다는 말이 마지막이 아니기를 바라곤 했었다. 그렇게 그냥 바라볼 수 있는 것만으로도 마냥 설렜던 열두 살, 여물지 못한 어린 사랑이 있었다.

스물일곱의 가을. 오랜만에 찾은 초등학교는 참 작고 낮았다. 그때의 여자 애에겐 너무나 높았던 구름사다리가 어느새 어른이 되어버린 여자의 키보다 낮다. 고개를 한껏 꺾어 올려다보던 구령대도, 한 바퀴가 커다랗던 운동장도 작아지고 좁아졌다. 사실 모두가 그대로인데, 나 혼자 이렇게 커버린 거겠지. 그때의 그 애는 어떻게 컸을까. 지금쯤은 누군가의 옆에서,

"내가 좋아하는 애 괴롭히지 마!"

정도는 말할 수 있는 어엿한 남자가 되어 있으려나. 각자의 세상 속을 멋지게 살아가다가, 세상살이 지칠 때쯤 한 번은 마주쳤으면 좋겠다. 그리고 꼭 서로를 알아봤으면 좋겠다. 한 때는 세상에서 제일 예쁘고 멋졌던 사람, 나에게는 너였었다고, 여전히 사랑스러울 너를 나로서 응원할 수 있었으면, 그래서 지쳐 있던 네 얼굴 위에 아이 같은 웃음이 머물 수 있다면,

그렇담 참 좋겠다.

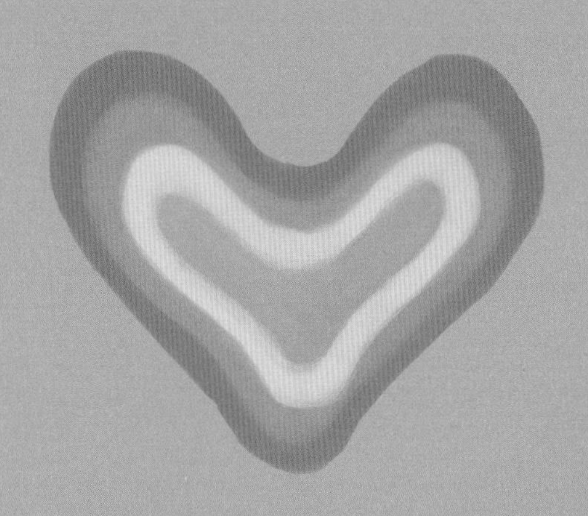

풋사랑

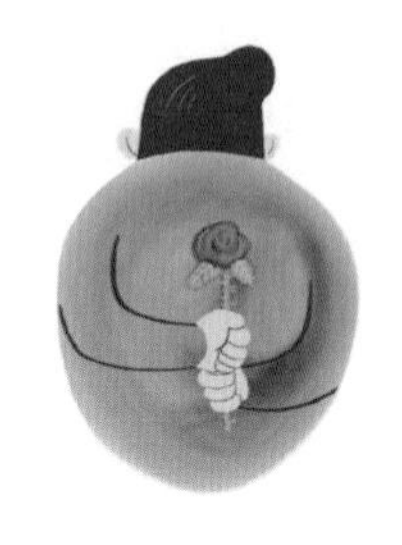

가로등 밑 수줍던 장미꽃 한 송이

수수하고도 매력적이었던
그 고백을 잊을 수 없다.

사랑 주는 방법을 몰랐던 그때의 난
그 마음, 그 용기를
다 알면서도 모른 척 태연한 척
예쁜 장미 얼른 받아들고 차갑게도
고마워, 안녕.

사실 그게 다는 아니었는데
그 다음엔 뭘 어떻게 해야 하는 건지
몰랐던 것뿐이었는데

참 못돼 보였겠구나.
참 아프게 했겠구나.

가로등 아래 수줍은 커플을 바라보다
떠오른 어느 가을밤 이야기.

이루어지지 않았던
그 인연은

이루어지지 않았던
그 시절, 그 인연은
그런대로 완벽했던 걸지도 몰라.

나는 그를 좋아했지만,
그리하여 서로가 간지러운
그런 사이가 되기를 바랬다기보단

바라는 것 없이 바라만 보던 애틋함과
말 못 할 설렘 속에서
누군가를 좋아하는 내 모습이
그저 예뻤으니까.

몽땅

뭐가 그리 좋으냐고
이유라도 묻는다면

그냥
머리부터
발끝까지

몽땅 다.

누군가의 한마디가
설렘이 되어와 부딪히고
짧은 시선이
커다란 의미를 가지고 스며드는

모든 것이 진부하지만
또 모든 것이 가장 특별한.

그와 그녀의
봄날

"저는 에스프레소요!"

벚꽃이 살랑이는 계절이었고
그녀의 곁에는 그가 있었다.

무엇을 골라야 하나
아니 사실은 이게 다 뭘까
그의 손에 이끌려 들어간 카페, 낯선 메뉴판 앞.

이제 막 스물이었던 그녀는,
카페의 어려운 이름을 가진 커피들보다
편의점의 캔 커피가 더 익숙했다.

서두른 고민 끝에 그녀는
그 몇 백 원이 뭐라고
그에게 짐이 되기 싫어
가장 값이 싼 에스프레소를 골랐고

작디 작고 쓰고 쓴 잔을 받아 들고
커다랗고 맑은 그의 잔을 번갈아 보고는

아무렇지 않은 척,
그래도 당황한 표정.

어설프고도 사랑스러운 그녀의 마음에
그의 가슴엔 나비의 날개 짓이 스며들고야 말았던

그런 하루가
그와 그녀의 봄날이 있었다.

심장의
본질은
뛰는 것
아니던가!

당신만의
아메리카노

우리가 흔히 마시는 아메리카노는 사실 정말 다양한 맛을 가지고 있어요. 아메리카노가 되기 전의 예민한 에스프레소 샷 덕분인데, 담기는 컵의 온도에도 추출하는 사람의 손놀림에 따라서도 맛과 향 역시 달라져버리죠.

커피를 처음 마시는 사람이 오늘 샷을 처음 내려본 아르바이트생의 서툰 잔을 건네받는다면 어떨까요? 시고 쓸 뿐인 한 모금에도 아 이것이 아메리카노구나, 하고 어쩌다 반해버리기라도 한다면요? 누가 뭐래도 그것이 그에게는 아메리카노의 맛일 겁니다.

좋아한다기엔 아쉽고 사랑이라기엔 거창한 그 풋풋한 감정도 같지 않을까요.

처음 마음을 나누는 누군가에게서 서투른 감정을 건네받고 마냥 달달하지만은 않은 날들 앞에서도 그래도 사랑이라 스스로 이름 붙여 준다면, 그것은 누가 뭐래도 그들에게는 사랑.

사랑, 그 역시 한 가지 맛으로는 절대 정의 내려질 수 없는 감정이니까, 당신 품고 있는 그 감정 부족하고 모자랄 것 없이

사랑 맞아요.

누구에게나 허락된 감정

사랑이란 건
격식 있는 양복을 입은 이에게도
무릎 늘어진 추리닝 속 그에게도
모두 허락된 감정이라서

꼭 젖은 눈으로
애절하게 뱉어내지 않아도

사랑은 사랑.

모든 인연의 시작은

인연이란 참 복잡하고 어렵다지만
사실은 또 엄청나게 단순한 거라서

모든 인연은 결국엔
"안녕"이라는 인사에서 시작한대요.

그러니 늦은 "안녕"에 후회 않기로 해요.
아쉬운 설렘으로 모든 것이 시간 앞에 바래지기 전에.

세상은 이미 온 힘 다해
그 혹은 그녀를 당신 앞에 데려다 주었으니.

이제는 당신이 힘낼 차례!

"안녕!"

"당신과 나" 만큼의 거리가
"우리" 씩 좁아지던 날,

그렇게, 시작.

싫어하면 어쩌지

내 마음을 전했는데 싫어하면 어쩌지,
라는 문제는 너무 어렵다.

정색하며 싫어할 수도 있고
그냥 좀 싫어할 수도 있고
별 반응 없을 수도 있고
좋아할 수도 있고
펄쩍 뛰며 좋아할 수도 있다.

하지만 문제를 쉽게 만드는 방법은
당신에게 달려 있다.

일단 전하라, 당신의 마음을.
그러면 당신이 진짜 마주해야 할 문제가
무엇인지 또렷하니 분명해질 테니까.

문제의 해답은
진짜 문제를 받은 그 다음 고민하면 된다.

끔찍하게 싫어하면 어쩌느냐고?

소중한 당신의 마음을 그 따위로 받아든 이를
당신이 더 이상 고민할 필요는 없다.

240
220
TALK
money
방법을 모르는건
아닐텐데...?

마음의 변비

마음은 표현하지 않으면
표현되지 않은 채로

그렇게 음식찌꺼기 마냥 썩어서
나중엔 똥 되는 거예요.

그런 사람

세상이 만들어둔 '데이', '데이'라고 할 때마다
화려한 선물을 해주는 사람
늘 깜짝 놀랄 이벤트로 감동 주는 사람

그런 사람보다

지친 하루 끝의 만남으로 선물이 되는 사람
손을 잡고 걷는 그 시간이 편안한 사람

그런 사람이 내 사랑.

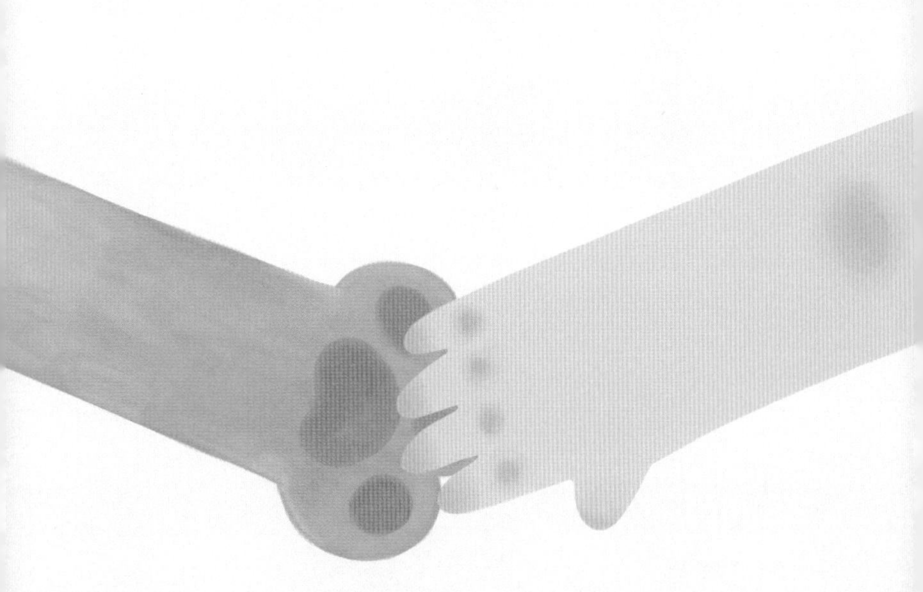

멜로보다는 로맨틱 코미디

늦은 저녁, 그에게서 전화가 왔다.
기다린 지 30분이 넘도록 버스가 오지 않는데 너무 추워 잠깐 편의점에 들어왔단다. 뭐라도 마실까 고민하던 그는 갑작스레 뛰어야겠다고 했다.

다다다다다 퉁탕탕 삑!

한바탕 요란함 뒤에 그가 웃었다. 드디어 버스를 탔다며, 오랜만에 밤거리를 달려보았다며 세상에서 가장 행복한 사람처럼, 그렇게 웃었다. 누구에게나 있는 평범한 장면에서도, 사실 조금은 짜증날 법한 상황에서도 그는 스스로 행복해지는 방법을 알고 있는 사람이었다. 그래서 나는 그가 좋았다.

물론 여느 연인들처럼 날선 시간 위를 걷던 때도 있었다. 논리 정연한 백 마디 말보다 탐스러운 한 송이 꽃이 전하기에 더 마땅한 메시지가 있단 걸 그는 알지 못했으니까. 하지만 그런 시간들로 인해 굳이 우리의 관계가 흔들렸다거나 금이 갔다기보다는 그는 나의 표현을, 나는 그의 언어를 배워갔다. 새로운 우주를, 서로라는 사람을 그제야 제대로 마주하게 된 것이다. 언젠가부터 나는 그의 비유 없는 표현, 그 담백함과 그를 설득하는 논리를, 그는 한 송이의 꽃이 필요한 저녁과 한 잔의 술이 어울리는 날씨를 알게 되었으니까.

목숨 바치는 사랑이나 별도 따다주고 달도 따다주는, 뭐 그런 대단한 로맨스는 없다.

하지만 그런 것만이 사랑일까. 지친 얼굴로 마주한 저녁에 문득 영화나 볼까, 하면 "좋지." 하고 기다렸다는 듯한 맞장구. 무릎 나온 회색 바지에 분홍 슬리퍼를 끌면서 걷는 그 옆에 네가 있어 주는 편안함. 꾸밈없는 모습까지 예쁘다는 거짓말은 못해도 네 눈동자에 내가 사랑스럽게 담겨 있는 순간들, 그거면 되지.

판타지보다 드라마가 좋다.
멜로보다는 로맨틱 코미디가 좋다.
그런 이유로 다섯 번째의 같은 계절을
그와 함께 하고 있다.

헤어지지 않아도 되는 하루

나는 사실 여행을 좋아했던 게 아니라

당신과 헤어지지 않아도 되는
하루를 갖고 싶었던 것 같아요.

만약 우리에게도
그 하루하루들이 계속될 어떤 순간이 허락되거든
언젠가는 문득 지겹다고 느낄지 모르지만
그때서야 홀로 여행이라도 좀 다녀오겠노라고
당신에게 고하고 말지도 모르지만

난 아마 떠나고 나면
다시금 깨달을 거예요.

돌아가고 싶다고,
당신의 곁이 좋다고.

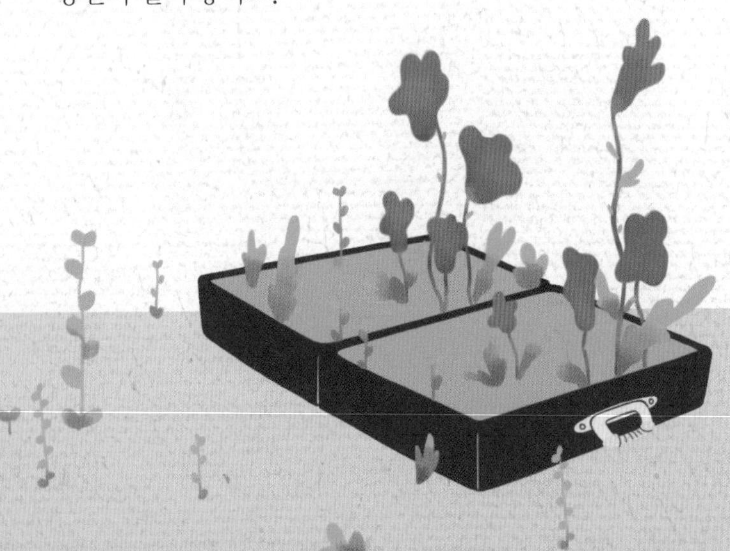

다시 사랑에 빠져버리고

지친 하루 끝에 사랑하는 사람이
내가 골라준 옷을 입고
등 뒤에는 장미 한 송이를 숨긴 채
못된 어리광을 부린 하루 뒤임에도
헤프게도 웃어주던 기다림.

맛있는 음식을 함께 먹고
다 기억 못할 이야기를 나누다
조금 걷자며 시작한 길 위에서
음악 하나를 나눠 들으며
하나씩의 서로를 더 알아가고
흥얼거리고 도란거리다
결국 또 다시 사랑에 빠져버리는.

아쉬운 헤어짐 끝에 내가 돌아보고 말까봐
우뚝 서서 지켜주던 그렇게 작아지던 모습.

나는 오늘 또 다시 사랑에 빠졌어요.

한 번의 생에서 함께할 수 있었던 그런 시간이 있었다는 것

그를 사랑한다는 그녀에게 너무 많은 이들이 이야기했다. 끝은 모르는 거라고, 마음 다 주지 말라고. 그녀 역시 같은 생각이더랬지. 아무도 끝은 알 수 없으니, 자신 역시 확신은 서지 않는다고. 그게 사람 사는 이야기 인 것 같더라고.

그리고 덧붙였지. 그런데 딱 한 번 사는 거, 그 한 번의 생에서 이 사람과 소중한 사이었던 감사한 시간이 있었다는 것, 그거라면 그 시간의 길고 짧음은 중요하지 않은 것 같다고. 생이 끝나도 잊어버리고 싶지 않은 사람이라 함께한 어느 찰나도 놓치고 싶지 않아서 그렇게 망설일 여유가 없다며, 일단 지금은 언제까지고 기억할 수 있도록 가슴에 새겨넣는 것에만 열중 하겠노라고.

가지지 못한 사람에 애태우기보다
곁을 지켜준 이에게 감사할 줄 아는

그런 우리가 되길.

프러포즈

How wonderful life is,
now you're in the world!
– 〈Your song〉 중에서 –

이러니저러니 해도
결국 나는 네 옆이,
너는 내 옆이 좋구나.

서로의 마음이 하나가 되는 건
기적이라고 생각했던
그때의 마음을
부디 잊지 않길.

매일 새롭게 설렌다 했더니
그건 병에 걸린 거래요.
심장이 안 좋은 거 아니냐고 하네요.

나는 사랑을 하고 있는 것뿐인데
그렇게 살아 있는 것뿐인데.

닮아가다

하늘이 점점 더 빨갛게 물들어가는 만큼
눈부셔 쳐다볼 수도 없던 태양의 백색 빛도
어느새 이를 바라보기에
두 눈 따끔치 않을 정도로 누그러지는

하늘도 태양도
자신의 색깔을 고집하지 않는 순간

그렇게 제 본연의 색은 잊고
그들은 서로를 사랑하게 되어버린 것 같아.

좋아하는 사람을 닮아가는 데에는
자신의 색깔은 무의미해져버리는 것일지도 모르지.
그래서일까?

니가 더 아깝더라, 하는 이야기보다
둘이 닮았더라, 하는 이야기가
더 고맙고 듣기 좋더라.

잘 자

각자의 세상에서
가쁜 하루를 보내다가도
밤의 끝자락엔 꼭 전화를 걸어
지금을 위해 이 하루를 살아낸 듯
해마저 떠난 시간인데도 조잘조잘 늘어놓는다.

잘 자.

나의 하루를 나눌 수 있는
누군가가 있어서,
그게 당신이라서 참 좋다.

사랑한단 말이
섭섭할 만큼

당신을 사랑해요.

사랑하는 감정을
표현할 수 있는 말이
사랑한단 말뿐이라
섭섭할 만큼.

거짓말 같은 마음

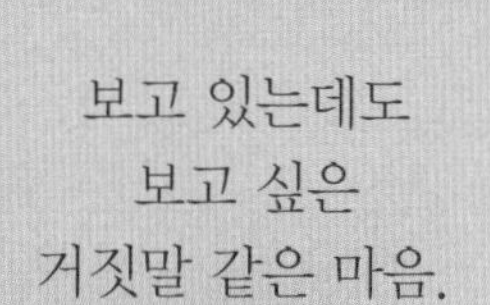

보고 있는데도
보고 싶은
거짓말 같은 마음.

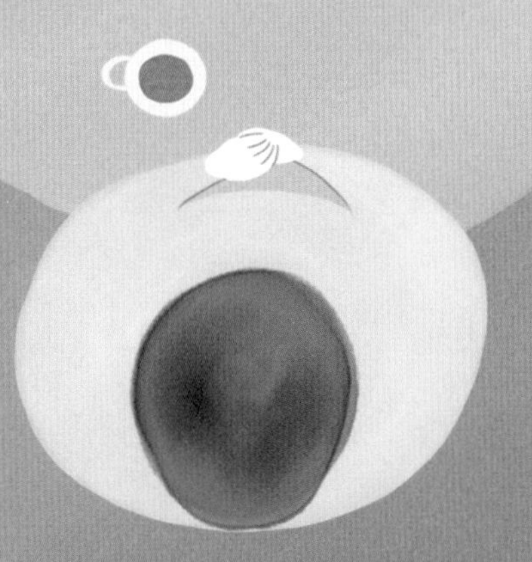

토끼의 배려

토끼가 거북이에게
나는 네가 보고 싶어 이렇게 빨리 달려왔는데
너는 왜 그렇지 못하냐며,
나만큼 보고 싶었던 게 아니냐며
따져 묻는다면
있는 힘껏 달려가고 있던 거북이는
서러워 할 말이 없다.
누구에게나 자신만의 속도가 있다.

당신과 그 사람의 사이
애써 유지되는 거리가 아닌
자연스러운 거리를 만들어가기 위해서는
상대의 속도를 배려해주길.

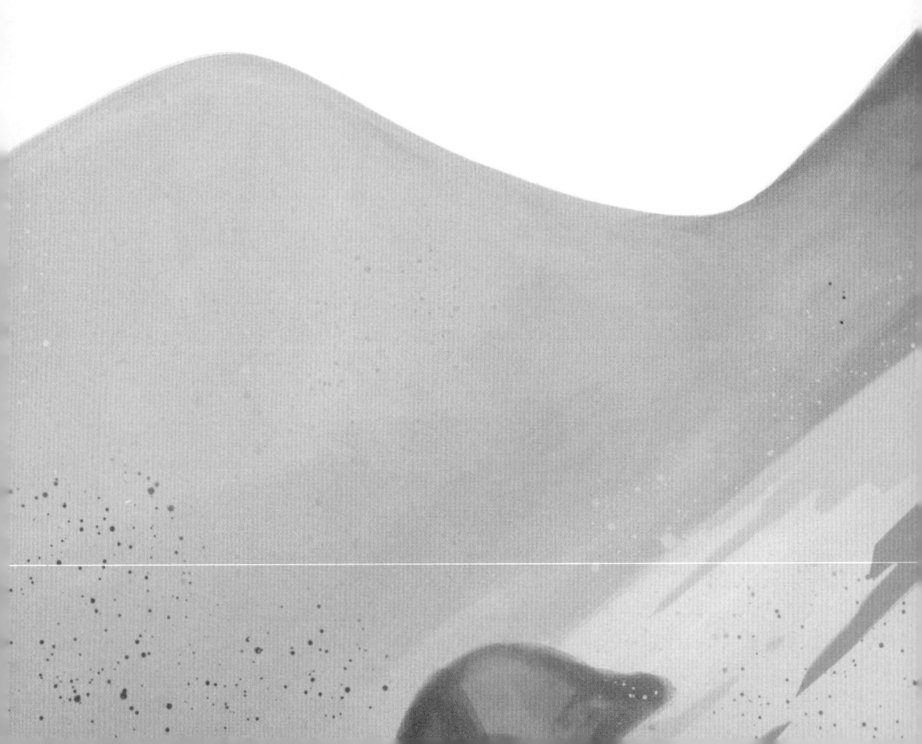

노력 없이는

먼 옛날 사람들은
누군가와 소통하기 위해서라면
손닿지도 않는 곳까지 탑을 쌓아 올리거나
높은 산들을 기꺼이 넘어 내리기도 했다.

노력 없이는 어떤 소통도
이루어지지 않는다는 것을
그들은 너무도 잘 알고 있었다.

진심이란 건
전해지기 마련이라는 말은 개소리.

진심이란 건
알려고 노력하는 사람과 알리려고 노력하는 사람
그 사이에서야 겨우 전해질 수 있는 것.

손가락 놀림만으로도
쉽고 빠르게 이야기를 주고받는 요즘은
일곱 번쯤 되는 터치만으로
자신의 진심이 모두 전해지길 바란다.

거저 먹을라구, 아주.

To. MAN

미안해, 라는 말은 마침표가 아니다.
상황을 맺기 위해 사용하지 말 것.

To. WOMAN

그는, 당신이 더 잘 알다시피 신이 아니다.
당신이 먼저 솔직해질 것.

적어도 남자의 그 미안해, 앞이라면.

누군가를 탓하고 있나요?
우선 두 손에 쥐고 있는
욕심과 기대 먼저 내려놓으세요.

한결 마음이 가벼워질 테니!

사랑 구별법

사람이란
남이 앓는 위중한 병보다
당장 베인 내 새끼손가락이
더 아프게 느껴지는 법.

그러나 사랑이란
내 새끼손가락에 맺힌 핏방울보다도
상대방의 눈에 차오른 눈물에
더 아픔을 느끼는 법.

우리 집 강아지가
옷자락을 물어 끌면서까지 원했던 것은
무엇이었을까요?

두 눈을 마주하고 물어도
대답하지 못하니 알 수 없던 것.

강아지보다도
복잡한 당신의 마음은
오죽할까요.

우리, 대화 좀 해요.

한 사람의 몫

때때로 사랑하는 이들 사이 다툼의 원인은
사랑의 표현이 부족해서인 경우가 많아요.

당신이 양심에 손을 얹고 생각해
일말의 잘못 없음에도
당신의 사랑스러운 그녀가 뿔이 나 있을 땐

잘잘못을 가리거나, 목소리를 높이거나
논리를 앞세워 설득시키려거나
뻔하게 달콤한 얘기로 넘어가려는 것보다

조심스레 다가가
품 안에 꼭 안아주는 게 더 나아요.

표현이 서투르면 서투를수록
말보다는 행동으로, 거짓 없는 온기로.

한 사람의 몫,
그만큼은 모자라지 않게
사랑해줘요.

그래, 그렇게.

잘잘못의 시비를 가리는 건 법정에서
논리 있는 설득은 고객 앞에서
입에 발린 뻔한 말은 부장님 앞에서

사랑만큼은, 그녀 앞에서.

자신도, 자신의 감정도 감춰야 하는 세상살이에서 고된 하루를 마치고 전우처럼 마주한 그와 그녀.

드디어 내 편을 만난 반가움에 누구에게도 터놓지 못한 감정 베인 속 이야기를, 그러므로 오늘 하루가 얼마나 지칠 수밖에 없었는지를 꺼내기 시작하는 그녀.

역시나 지쳐 있던 그이지만 그래도 그녀를 사랑하기에 머릿속을 뒤적이며 찾는 그녀를 위로할 문장들. 그러나 이미 멍해진 머리는 버퍼링이 심해 자신도 모르게 잔뜩 찌푸려진 미간.

그를 사랑하기에 그의 작은 변화에도 민감한 그녀는 그의 표정의 심상찮은 꿈틀거림에 내가 별을 따다 달라했니, 달을 따다 달라했니 끄덕이기만 해줘도 괜찮았을 텐데, 라고 쏟아낸 서운함. 그리고 이내 굳게 닫아버린 입.

밤 열 시, 그와 그녀의 감정은 사랑으로 이어져 있는데 그와 그녀의 대화는 이어지지 못하는 참으로 답답한 시간.

밤 열시 반, 헤어질 시간은 다가오는데 그녀의 입을 굳게 닫아버린 것이 무엇인지 실마리를 찾지 못한 그는 조급함으로 언성이 높아지는 시간.

밤 열한 시 오 분 전, 헤어질 시간이 다가왔는데 역시나 딱딱해져 버린 그의 표정 앞에 어디서부터 어떻게 설명해야 하는 건지 그런 그가 미워지는 시간.

낮져밤이
낮이밤져
낮져밤져
낮이밤이

요즘 핫하게 떠오른 리딩Leading의 궁합, 하지만 사실 그들 사이 더 자주 필요한 것은 리딩Leading보다는 리딩Reading.

혼자 남겨진 밤 열한 시, 내일이 오기 전에 꼭 해야 하는 일.

그의, 그녀의 마음을 다시 처음부터 읽어보는 일.

그녀를 이해하는 방법

그녀를 이해하는 가장 쉬운 방법은
그녀의 시선이 닿는 곳을 관찰하는 것.

그거 알아요?
남자는 여자를 이해하려하지만
여자가 원하는 건 공감이라는 것.

머리로 하는 그거 말고
가슴으로 하는 것,

그 느린 마음,
느린 시선

사랑.

part4.

어른이들의 과제

PART4
어른이들의 과제

잠깐의 꿈 같은 시간으로 위로받기보다는
일상을 꿈 같은 시간으로 만들어봐요.

좋아하는 카페, 맛 좋던 그 집, 싱싱한 과일,
미뤄뒀던 영화와 책, 오늘과 어울리는 음악,

그리고 당신의 사람들과 함께.

사랑에도
형태가 있다면

밤늦게 지친 걸음으로 들어설 때 어둠의 적막 한가운데서부터 힘껏 달려오는 몸짓. 슬며시 다가와 네 편 여기 있다며 핥아 주던 눈물. 하루 종일 혼자 두었는데도 나만큼은 혼자 두지 않겠다는 듯 기대어 전해주던 온기.
욕심 많은 사람에게는 버거운 많은 것을 모두 해내는 작은 존재. 사랑에 형태가 있다면 바로 이런 모습이지 않을까.

누군가에게나 있는 조금 힘든 날, 혼자가 아님을 잘 알면서도 혼자인 채로 되고야 마는 날, 열세 살 된 작은 반려견은 불면의 시간에 나에게 따스한 밤을 내려주었다.
사랑이란 것이 품고 있는 온갖 잡다한 색들 중에서도, 그가 품고 있는 색이란 포삭한 이불과 같은 것, 나른한 오후 봄 햇빛 같은 것, 그 햇빛이 스며든 옷의 푸근한 향기 같은 것이었다. 그리니 버텨낸들 어떻게 잠이 들지 않을 수 있을까.

나는 당신의 그런 날에 무엇이 되어줄 수 있을지 까마득하지만, 그런 부족한 나를 대신해 세상은 여기저기에 당신을 위로하고 응원할 준비를 많이도 해두었다. 그중 하나를 골라다가 당신도 "사랑을 보았다."라고 일컫게 되는 날, 당신의 그 사랑이 무엇이었는지 살짝 귀띔해주기를.
사랑을 하면 예뻐진다고, 당신이 찾아내는 사랑의 수만큼 당신도, 당신의 일상 역시 부럽도록 아름다워지겠다.

잘못을 아는
너의 영리함
너의 시원함
먹이를
향한
열정
빵야!
앉아!
자장가 같은
너의 코골이
서프라이즈 한
너의 잠꼬대
다른 동물을 향한
너의 패기
너의 다정함

당신의 뮤즈

포삭한 이불 속 한 숨의 낮잠
바짝 마른 스웨터에 스며든 햇빛 냄새
차가운 겨울, 퇴근 후 몸을 덮는 극세사 이불의 온도
어려웠던 프로젝트를 마치고 함께한 이들과 부딪히는 시원한 맥주
비 내리는 날, 카페에 앉아 바라보던 유리창 너머의 풍경
나를 끔찍이도 사랑해주는 우리 집 강아지 달구
일상을 예술로 만들어주는 나의 뮤즈들.

당신의 뮤즈는 무엇인가요?

아직 찾지 못했다면
잠깐 밖으로 나가 하늘을 사진으로 찍어보세요.

흐르는 구름은,
지금 노래하는 이 바람은,
이름 붙일 수 없는 저 빛은,
다시는 반복되지 않을 테니까.

지금 만약 하늘을 찍는다면,
세상에서 단 하나 뿐인 사진을 갖게 되는 거예요.

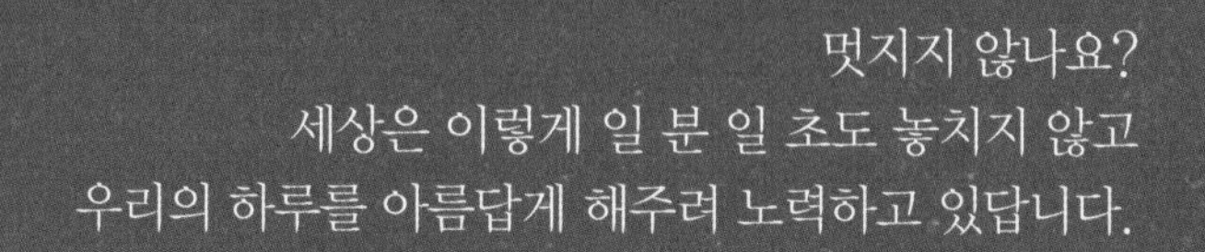

멋지지 않나요?
세상은 이렇게 일 분 일 초도 놓치지 않고
우리의 하루를 아름답게 해주려 노력하고 있답니다.

이를 찾아내는 것은 당신의 몫!

아침이 기다려지는 사소한 이유들

단순하지만,
아침이 기다려지는
사소한 이유를 만들어두면
다음날 아침 기분이 좋아요.

출근길을 위해 아껴둔
뮤지션의 신곡이라든가
이제 막 업데이트된 웹툰들.

다이어트 때문에 자기 전엔 참아야 했던,
그러나 내일 아침이라면 먹어도 좋을 음식들.

회사 냉장고에 넣어두고 깜빡한
석류주스 같은.

일상의 옷깃

문이 열린 채 잠시 정차하던 지하철,
차내에 흐르던 안내 방송.

"다음 역은 이 열차의 종착역입니다.
그곳은 지상이라 다음 열차를 기다리시기에는
많이 추우실 수 있습니다.
다음 역보다 더 가야 하시는 분들은
지하 역사인 이번 역에서 내리시면
뒤에 오는 열차를 기다리시기에 더 따뜻하실 겁니다."

세상을 오가는 따뜻한 선물 중에는
1억, 10억 하는 큰돈을 통 크게 기부하는
유명 인사의 선행도 있겠지만

차가운 겨울 밤,
일상의 옷깃을 여며주는 이의
소소한 배려도 있다.

알려지긴 어렵고
잊히긴 쉬운.

가진 게 뭐 그리 중요한가요

멕시코, 시내버스 안. 허름한 옷차림의 모녀가 버스에 올랐다. 그들은 흔들리는 차 안 기둥을 두 팔로 감싸 안고는 나즈막한 음성으로 노래를 시작했다.
버스는 노래를 따라 정류장들을 지나가고, 이윽고 그들의 음성이 잔잔히 맺어질 때쯤 나와 몇몇의 승객이 그들의 노래에 약간의 동전으로 답했다.
우연히 같은 정류장에서 내리게 된 모녀와 나. 노래하던 어린 아이는 동양인인 내가 신기했던지, 커다란 눈 안에 내 모습을 끊임없이 담아내고 있었다.

반짝이는 눈동자를 당해내지 못한 내가 먼저 손을 흔들어 보였다.
뭐라도 더 쥐어주고 싶어도 가난한 유학생이었던 내 처지로는 더 이상 도움이 될 만한 걸 줄 수 없던 시라, 그 내신 전했던 한마디 진심.
"Eres muy bonita, y tu voz, también."(너도, 네 목소리도 참 예쁘다.)
아이는 수줍게 웃는가 싶더니 대답 대신 반쯤 쓰다 만 자신의 분홍 립글로스를 내 손에 꼭 쥐어주었다.

노래하기 전, 마법인 양 쓱쓱 바르던 그 모습이 떠올랐다. 오늘 그녀들이 받은 동전이 그리 많지는 않았는데. 미안한 마음에 받아도 될까 싶어 망설였다.

자신에게서 소중한 것을 내어준 아이와 그 아이 뒤로 흐뭇한 표정으로 바라보던 어머니, 그 두 마음 모두 조금은 알 것도 같아 세상에서 가장 기쁜 모습으로 방긋 웃으며 건넸던 인사.
"Gracias!"(고마워!)

아무것도 가진 게 없어 나눌 수 있는 것 역시 없다는 건 거짓말. 서툴지만 마음 담긴 노래, 소소한 칭찬, 하다못해 쓰다 만 립글로즈 그조차 누군가의 삶에는 잊지 못할 선물이 그 순간을 기억할 따뜻한 풍경이 되는 걸.

지하철은 더 이상의 걸음이 힘들다 했다. 온종일 쉼 없이 달려왔을 테니 그럴 만도 하지.

평소 자주 오가지 않던 낯선 역사는 어디로 나가야 할지, 나가면 어떤 풍경이 펼쳐질지 막막함을 더했고 휘영청 술 취한 그림자와 잦아든 발자국 소리에 살짝 겁을 먹기도 했다.

지하철에서 내릴 때만 해도 나처럼 어리둥절한 얼굴로 차가 끊기다니 믿을 수 없어, 라는 표정을 한 동지들이 분명 몇 더 있었는데 도대체 다 어디로 흩어진 건지. 불안한 마음으로 걸음을 재촉해 얼른 택시를 잡아탔다.

긴장 반, 안도 반. 기대 앉아 바라본 (뒷좌석) 창가에는 장미와 고양이, 또 강이지 스티커들이 아기자기하게 붙어 있었다. 차를 잘못 탔나, 하고 두리번거리자 의아해하는 나의 표정을 눈치라도 챈 듯 “예쁘죠? 장미 좋아해요?” 유도 선수마냥 머리를 싹 넘긴 택시기사 아저씨가 말을 건넸다.
“네, 좋아해요!” 나의 대답에 “그래서 그랬어요.”라며 그가 웃었다. 사람 좋은 웃음에 안심하며 그제야 둘러보게 된 차 안에는 귀여운 강아지가 그려진 방석, 색색의 플라스틱 장미, 금연을 부탁하는 분홍색 네온사인까지. 아저씨와는 어울리지 않는 것들이 차안 구석구석을 잔뜩 차지하고 있었다.

새벽에 택시를 끌고 나가면 그렇게도 손님들이 긴장을 하고 택시를 탄단다. 운동선수 같은 체격에, 조금은 오해할 수 있는 얼굴 생김에 본인은 아무 생각 없는데도 덜컥 겁을 먹더란다.

걱정하지 말고 타라고, 타는 동안 몸만이 아니라 마음도 편안하라고 그렇게 차를 꾸몄다는 그. 이 도시의 누구와도 다를 바 없이 사랑하는 아들과 아내가 있다는, 그래서 오늘도 밤 내린 길 위로 나왔다는 한 가정의 아버지.
그렇게도 좋은 사람이 지친 하루 끝, 편안한 쉼을 내어주며 밤 내린 거리를 달리고 있었다.

마치 도시의 산타클로스처럼.

금요일은 날씨가 좋다

금요일은 날씨가 좋다.
한 주의 시작보다 끝에 가까운 금요일 오후라,
딱 그 거리만큼 너그러워진 마음에
어떤 하늘 아래에서도 금요일은 날씨가 좋다.

오늘 날씨가 당신 하루의 시작을
엉망으로 만들었다면
조금 너그러운 금요일의 마음으로
그래도 좋다! 하고 용서해주면 어떨까?

그러면 당신 마음 따라
적어도 당신에게만큼은 좋은 날씨가 되어
당신에게 남은 하루, 그 나머지만큼은
엉망으로 만들지 않을 테니.

당신의 오늘은 어떤 날씨인가요?
잠시 창밖을 바라보며 떠올려보세요.

맑군, 비가 오네,
그뿐이었다면 당신의 감성은 15℃
좀 더 따끈해질 필요가 있다구요!

감성온도가 낮더라도 실망 말고
책을 덮을 때쯤 다시 한 번 측정해보세요.
후끈후끈해져 있을 테니!

YEAR . MON . DAY ℃ YEAR . MON . DAY ℃

정기감성검진

0℃	더움	추움	아침	밤
15℃	맑음	흐림	비	구름 낌
36.5℃	설레는 햇빛	쓸쓸한 바람	우울한 날씨	불안한 하늘
40℃	말랑한 날씨	축축하게 젖은 밤	담백한 햇빛	하늘한 바람

비 내리는 날의 매력

마냥 웃지 않아도 좋을
핑계거리가 되어주는
적당한 우울함이 번진 하늘이 좋다.
또박또박 창을 때리는 물방울이
가슴을 토닥토닥 위로하는
그런 날씨가 참 좋다.

그런 하늘 아래, 그런 날에
버스 차창에 가만가만 어깨를 기대면
버스 엔진 소리도,
다음 정류장을 알리던 안내 방송도

모두 음악이 되곤 했다.

날씨마스터

비 내리는 날을 사랑하게 되어버렸던 날,
애초부터 나의 능력 밖이었던 하늘의 일에
내 기분이나 컨디션의 주도권을 뺏기지 않게 될 수 있었다.

어차피 말리면 마르는 옷,
그래 젖어라 내어주고
어차피 맑아질 하늘,
오늘 하루쯤 못 보면 어때
어차피 핸드폰에 묶여 있던 손,
우산으로 바꿔든다 해서 다를 바 없고
게다가 화면 속 세상,
그로부터 자유로워진 두 눈 안에 흠뻑 젖은 거리를 담으면

당신 품고 있는 모든 복잡한 고민은
길게 떨구는 빗방울을 따라
하수구 아래 쪼글쪼글 물줄기에 섞여 흘러가버리고
조금 차가운 공기는 사람의 온기를 그립게 해
적당한 쓸쓸함마저도 달콤하니
당신도 결국 내리는 비에게 반하게 될 일이다.

그렇게, 세상에서 싫은 게 하나 줄어든 만큼
세상에서 좋은 게 하나 또 늘어날 테다.

계절이
길을 잃은 날

오늘 하늘,
한 번이라도 눈에 담았는지.

예사롭지 않은 햇빛의 일렁임.
당신은 눈치챘는지.

머물 줄 모르는 계절이
잠시 길을 잃은 지금.

부디 놓치지 말고 머금어요.
아, 가을이다-
이렇게.

긍정 연습

언제나 긍정적일 수 없지만
마냥 긍정적일 필요도 없다.
그러나 이왕이면, 긍정적인 건 좋다.

"이럴 수가!!"
최종 면접에서 떨어졌다.
이제 더 이상 그 기업 매장에서 괜스레 기죽지 않아도 된다.
난! 고객을 중시하는 당신 기업의 그 소중한 '고객님'이니까.

"이럴 수가!!"
지갑을 잃어버렸다.
촌스러운 주민등록증 사진을 업데이트하고
쓰지도 않던 카드들을 정리할 절호의 기회다!

"이럴 수가!!"
시험에 떨어졌다.
최신 기출 문제를 몸소 경험했으니
좋아, 다음 시험에서는 내가 누구보다 유리하군!

"이럴 수가!!"
헤어졌다.
김수현, 유승호, 강동원과 사귈 수 있는 가능성이 상승했다.
아이유, 문채원, 한지민과 사귈 수 있는 가능성이 상승했다.
내 로맨스는 이제 시작!

"이럴 수가!!"
내 눈, 코, 입을 하나하나 뜯어 보니 예쁜 것이 하나도 없다.
그래도 그 못난 것들이 오밀조밀 어울리니 조화롭긴 하네.

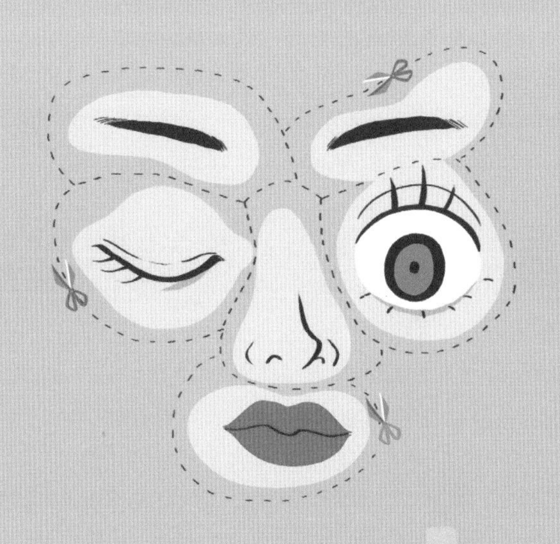

눈 두개, 코 하나, 입 하나...
있을건 다 있네 !

어쩌면 신호등이란

출근길 매일 마주하는 삼거리의 횡단보도. 신호등의 초록불이 깜빡이고 있었다. 내달린다면 건널 수는 있겠으나, 굳이 아침부터 숨을 헐떡일 필요도 그러고 싶지도 않은 날이었다. 그 앞에 멈춰서 구두 앞코를 무심코 바라보다, 빨간불이 됐을 텐데도 차들이 오가는 소리가 들려오지 않단 걸 문득 느끼고 고개를 들었다.
아찔한 장면이었다. 너무 작고 마른 한 할머니가 덩그러니 긴 횡단보도의 한 가운데로 가로질러 걷고 계셨다. 걸음이 불편하신지 도무지 속도가 나질 않았던 모양이다.

인간이 만든 세상의 모든 법들이 일제히 무너져 내린 순간이었다. 차들은 달려도 좋다는 신호가 떨어졌으나 버스도, 택시도, 승용차도 감히 횡단보도를 내지르지 않았다. 애초에 멈춰 섰던 그 자리에서 발을 동동 구르듯 달달거리며 애를 태울 뿐이었다. 그때 그 삼거리의 신호등은 등이 굽은 할머니였다. 무슨 일이라도 날까 덜컥 겁이 나, 그쪽으로 뛰어나갔다. 잡은 팔은 짐작했던 것보다도 앙상했고 고맙다며 마주한 두 눈은 내가 비춰지지 않을 만큼 탁했으며 걸음은 이끈다고 해서 속도가 붙을 수 있는 힘 따윈 이미 잃은 몸이었다. 하지만 그녀의 몸에 새겨진 수많은 시간은 우리가 그녀로 하여금 멈춰서야 하는 시간이 당연한 것인 마냥 느껴졌다. 이윽고 그녀가 횡단보도의 끝에 다다랐을 때 차들은 경주를 시작하듯 빠른 속도로 달려 나갔다. 그 부릉거리고 쌔앵거리는 소리가 아유 큰일 날 뻔했다, 라며 안도하는 사람들의 수선스러움을 닮아 있었다.

어쩌면 길가의 신호등이란 단순히 교통 법규를 수호하는 기계라기엔 서러운, 당신의 시선을 환기시키겠다는 더 높은 뜻을 가진 세상의 쉼표 같은 것인지도 모른다. 덕분에 억지로 멈춰선 걸음이 멋쩍음을 이기지 못해 슬쩍 뒤꿈치를 들어보는 것, 그로 인해 조금 더 커진 키로 잊고 살던 하늘 한 번 올려다보는 것, 거울처럼 마주선 사람들을 감상하다 그들의 행선지를 추리하는 탐정이 되기도 하는 것, 누군가가 별 생각 없이 내딛은 발에 움찔 동참했다 간지러운 민망함에 새어나온 웃음을 삼키는 것, 차도에 내려앉은 뚱뚱한 비둘기의 묘기 같은 아슬아슬함에 가슴 졸이는 것. 그 모든 것을 가능하게 하는 그 짧은 시간을 우리는 결코 스스로 가져내질 못한다. 그러니 세상이 당신의 길 위에 쉼표를 찍거든 편한 마음으로, 때로는 생각지 못했던 선물을 받아든 아이의 눈으로 조금 멈췄다 걸으면 된다. 귀찮은 기다림이 아쉬우리만큼 정말 짧은 시간이 되고야 말테니까.

오늘 당신이 길가에 나서거든 운이 좋아 빨간불 앞에 꼭 한번 멈춰섰으면 좋겠다. 그리하여 같았을 하루에 스며든 미세한 풍경의 변화가, 어떤 사건의 조각이 당신의 오늘을 조금은 더 다채롭게 만들어낸다면, 그렇담 참 좋겠다.

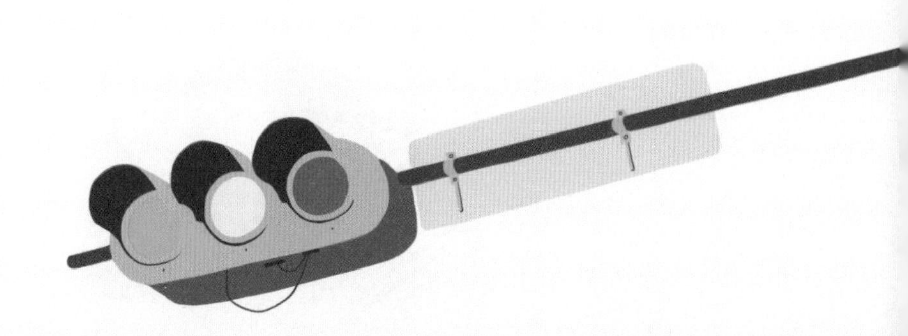

라면
먹고 갈래요?

밤 열두 시,
잠들기 전 라면 하나 끓여 먹기로 해요.
국물 한 방울도 남기지 말아요.

다음 날 들여다본 거울 속
팅팅탱탱 빤딱하니 윤기까지 흘러
먹음직스러운 그대 모습이
당신을 웃게 만들 테니까.

우리의 매일은 이렇게
웃고 지내기에도 참 부족한 시간이죠.
돈이니 명예니 무엇이니 해도
결국은 행복해지기 위한 발버둥이라면
행복하기만 하다면 모두 그리 욕심낼 필요는 없단 것.

좋아하는 라면 정도는 골라먹을 수 있는
짤짤이의 여유와 나트륨은 견뎌줄 건강을 챙겨서
또 하루 그렇게 웃고 보내요.

허겁지겁 집어 삼킨 음식은
허기는 달래주겠지만
그 음식이 어떤 향과 맛을 품고 있었는지는
놓쳐버리기 쉽죠.

서두르지 말아요.
조급히 모든 것을 갖고 이루려다간
그 틈틈이 마련된 행복과 기쁨의 시간들을
미처 지나쳐버릴 수 있어요.

음식을 음미하듯 천천히
순간순간을 가슴에 담으며 가요.

서두르지 않아
조금 닿지 못하면 어때요.
조금 덜 가지면 또 어때요.

"맛있었다."라고
기억되는 식사의 대부분은
배가 터지도록 먹었을 때보다
살짝 아쉽게 먹었을 때인걸.

바다 앞에서

쓸어가고 다시 내어놓는 일렁임.
수많은 굴곡을 품어낸 바다란 그렇다.

그 앞에 서서 힘들다 하는 나의 푸념, 나의 슬픔
모두 쓸어 가달라 하니 모든 것을 가져갈 듯하지만
결국 모든 것은 돌아선 내 안에 그대로 남겨
단단히 안겨주고는 돌아가란다.

야속해도, 싫진 않다.
더 강해지라는 토닥임 같아서.

얼마나 많은 사람이
얼마나 많은 이야기를 가지고
이 앞에 머물렀을까.

들춰낼 수도 없지만
들춰내는 것 또한 예의가 아니겠지.

그 앞에 섰던 모두가
조금 더 강해졌기를,
조금 더 단단해졌기를.

부끄럽지 않은 모습으로
다시 한 번 그 앞에 섰기를.

당신은 그곳에
어떤 이야기를 두고오셨나요?

당신이 있는 그곳엔

대로변의 집으로 이사를 갔다.

누군가는 시끄럽지 않겠느냐
걱정하기도 했지만

밤이 되면 문득 문득
차들이 지나가는 소리가
파도소리를 닮아 좋아.

어른이 되면 바닷가에 살고 싶었거든.
그 무한함 앞에서
나의 유한함을
새삼스레 마주하며
그래서 너무나도 소중한 지금이란 것을
매일매일 깨달을 수 있도록.

당신 있는 그곳엔
어떤 소리가 머물고 있어?

일상을
예술로 만드는 방법

합정역 7번 출구, 저녁 7시.

바람을 가르고 지나가는 자동차,
색색으로 요란한 핸드폰 가게,
아침보단 느리게 걷는 사람들의 수다,

높이 솟은 건물과
건물의 그림자 마냥 드리워진 횡단보도,
그 위로 규칙적으로 달려들고 밀려가는 걸음들.

약속보다 조금 일찍 도착한 탓에,
7번 출구 옆 벤치 위로 졸음에 무거워진 고개를 끄덕이다
두 눈이 끈적하게 감겨버리고 말았던 어느 저녁.

꽤나 자주 지나쳤던 곳이었건만
그제야 들려왔던 도시의 교향곡,
오로지 귀로만 바라보았던 도시 풍경.

오가는 차들이 바람을 가르는 소리는
스칠 듯 다가오다 아찔히 사라지고

합정

핸드폰 가게에서 흘러나와
어설프게 깔리는 가요는
세상을 포커스아웃,

차가운 공기와
아직은 꽤 높은 어둠과

담쟁이 덩굴마냥 엉기어지는
사람들의 두런한 목소리,
달려들고 밀려가는
리드미컬한 발자국 소리까지

합정역 7번 출구, 저녁 7시,
도시의 교향곡.

딛고 선 자리에서 여행을 시작하는 법

의외의 풍경과, 사건과 사람들이
사소하지만 기막힌 위로를 건네는 것,
그것이 우리가 낯선 곳으로 여행을 떠나는 이유

그런데 그 낯선 곳이란
사실 그렇게 멀지도 않아서
비싼 비행기 티켓도, 능숙한 외국어도 필요하지 않다.

이름 모를 감정의 풍경을 기억하고
당연한 거리에 의문을 쏟아내며
셀 수 없는 하늘을 헤아리듯, 그렇게 세상을 바라본다면

당신 서있는 거기, 바로 지금이라도,
낯선 여행이 시작될 테다.

때로는 맑은 하늘 위에
쓸쓸함을 덧대어보고

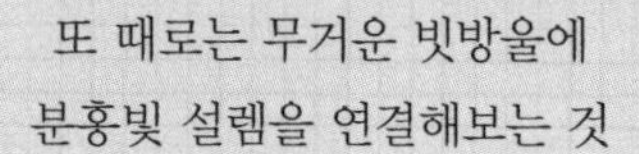

또 때로는 무거운 빗방울에
분홍빛 설렘을 연결해보는 것

그렇게 믿고 있던 고정관념을
한걸음 양보하여 바라보는 것

두 다리로 딛고선 바로 그 자리에서
낯선 여행을 시작하는 법

야경이 아름다운 이유

거대하게 드리워진 어둠.

그 아래 어둠을 채 이기진 못하면서도
그래도 제 몫을 다하려는 수많은 불빛,
그 불빛 덕에 아름다이 번져 있는 세상.

그뿐이게요.
도시의 야경이 아름다운 진짜 이유를
그림 깊숙이 꽁꽁 숨겨두었답니다.

조금만 더 머물러서 들여다볼래요?

그림에 그려진 도보 따라 걸어보고
길이 끊기면 차에도 올라타보고
저 멀리 다리 건너
반짝이는 강 너머에 닿을 때까지.

가만히 눈만 뜨고 있기엔
몸이 근질근질 하다면
이 안에 마음껏 그려 넣어도
저는 말리지 않겠어요.
쉬이 넘기지 말고 머물러보시길.

PART4
어른이들의 과제

길에서 만난 고양이와 강아지의 우정,
간만의 드라이브를 즐기는 아가씨,
미래를 약속하는 연인들,
결코 불을 꺼트릴 수 없는
그를 향한 그녀의 기다림,
사랑하는 이들과의 행복한 시간,
밤마다 활약하던 만화 속 주인공까지

시선을 쉽게 매듭짓지 않으면
조금 더 보이는 도시의 삶과 일상.
그렇게 우리가 가득 스며든 불빛.

도시의 야경이 아름답다, 라고 한다면
어둠 아래 불빛들이 그 이유, 라고 한다면

결국 아름다운 것은
당신과 나, 우리네요.

당신이 잠든 사이 일어나는 일들

어두운 밤.

나도 좀 쉬자며 열 오른 전등도,
텔레비전 속 시끌벅적한 세상도
툭, 꺼버리고 나면
그제야 만나게 되는

몇 번을 마주해도
몇 번이고 낯선 시간.

기억나?

어렸을 땐, 불 꺼진 방이 무섭기도 했지만 때론 그 깜깜한 어둠을 도화지 삼아 동그란 유령이 돌아다니고, 장난감들이 잠에서 깨어나는 그런 귀여운 이야기들을 그려 내곤 했었잖아, 우리.

지금은 어때? 유령이고 나발이고 언제 잠들었는지도 모르게 지쳐 쓰러지거나 답답한 마음에 꿈은커녕 잠도 오지 않아 밤새 애쓰고 있으려나.

있잖아 우리. 버릇 같은 외로움, 당장은 어쩔 수 없는 두려움, 오늘 하루만이라도 이딴 것들은 모두 접어두고 그때처럼 설레고 재미있는 상상으로 마음껏 설레다가 잠드는 건 어때?

아이의 단순함을 닮아버린 밤은 우릴 더 포근히 재워줄거야.

그렇게 다음날이 오면 단잠에 보다 맑아진 머리는 어제의 걱정거리들을 담담히 해결할 준비를 마칠 거니까.

이미 밤이 깊어 버린 뒤라면 너의 내일은 내일의 너를 믿고 오늘의 너는 좋은 꿈만을 꾸기로 해.

알았지?

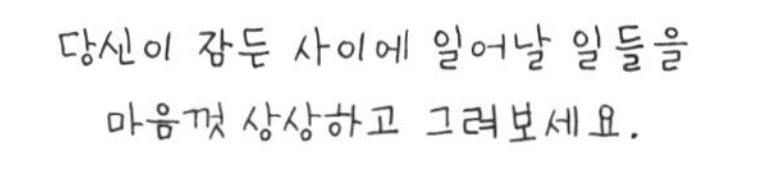
당신이 잠든 사이에 일어날 일들을
마음껏 상상하고 그려보세요.

보통날

보통날이란 사실
지켜내기 어려운, 감사한 어떤 하루.

늘 마주했던 친구가 세상을 떠나던 날,
사랑하는 가족이 아파하는데도 바라보는 것밖엔
내가 할 수 있는 건 무엇 하나 없었던 날

평범하게 흘러가는 하루라는 게
얼마나 소중하게 다가왔던지.
얼마나 간절하게 소망하게 되었던지.

그냥 그런 하루였다, 라는 말 맺음에
허허한 한숨 대신
감사한 마음 담아내기.

좋은 마음 조금 더해진 보통날은
기다렸단 듯 당신을 행복하게 해줄 테니.

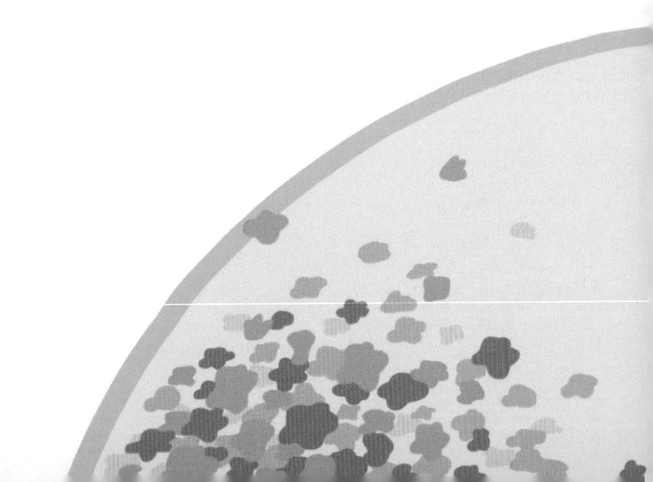

삶이 원래 다 그런 거야

유난히 무거웠던 하루를 이기기도 하고 지기도 하다
결국 굳게 닫은 방문 앞에 풀썩, 주저 앉아버린 그런 날.

그저 밤이 된 것뿐인데 어둠이란 게 언제부터 이렇게 서러웠나,
눈물이 핑 돌던 날.

거리로 나와 걷다 우연히 주워들은 한마디.

"삶이 원래 다 그런 거야."

심지어 나에게 하는 말도 아니었는데
툭 떨어진 물방울이 번지듯
가슴한복판에 번져 들었던 담담함.

그래, 대수로울 것도 호들갑떨 것도 없이
그냥, 삶이란 게 원래 이런 거구나.

그래도 애쓰며 살아가고 있는 우리는
그러므로 참 멋지구나.

그녀는 예뻤다

여고 시절, 자유롭게 악기를 선택해서 연주하는 음악 실기 시험이 있었다. 그런데 그녀도 나도 잘 다루는 악기가 없었다. 친구들이 잘 선택하지 않는 악기로 준비하면 선생님도 노력을 가상히 여기지 않으시겠느냐며 그녀는 통기타를, 나는 하모니카를 연습해 합주하기로 했다.

"거지들도 너네보단 잘하겠다!"
결과는 처참했다. 우리는 떨어지는 낙엽에도 아파하고 굴러가는 돌에도 눈물짓던 감수성 풍부한 여고생이었다. 그런 우리에게는 최하점의 점수도 점수였지만 음악 선생님이 남긴 한마디가 너무나도 가혹했다.

"야! 울지 마! 거지들은 프로잖아! 우리가 그들보다 못하는 게 당연하지!"
터져 나온 눈물을 닦고 있는 내 앞에 똑같은 모습으로 엉엉 울고 있는 그녀가 있었다.
"울지 말라면서 너는 왜 울어."
"니가 우니까 울지."
"미안해 내가 실수해서."
"아니야 나도 틀렸어."
"그런데 선생님은 어떻게 그런 말을 할 수 있냐?"
"그치? 말이라도 그렇게 하지 말지!"

꺽꺽 서럽게 울면서도 내가 하는 말은 그녀가 다 알아듣고, 그녀의 말은 내가 다 알아들었다. 그렇게 모든 잘못은 음악 선생님에게 뒤집어씌운 채 우리는 한편이 되어 서로를 감싸 안았다.

"졸업식에 못 갈 것 같아."
"졸업식이 뭐 대수니? 교장선생님 연설 듣고 그냥 지루한 조회 중에 하나지 뭐, 너무 속상해 하지 마."

시간이 많이 흐른 뒤 졸업식을 앞두고 있을 때였다. 그녀의 이야기에 나는 그저 그런 위로를 건네고는 교복 블라우스가 어디 있는지 모르겠다며 평소처럼 굴었다. 그때는 철없는 나의 일상이 그녀의 마음을 얼마나 복잡하게 했을지는 가늠치 못했다.

그녀가 참석하지 못한 졸업식이 끝나고 시간이 조금 지난 후였다. 그녀가 내 꿈에 찾아왔다. 그 꿈속에서 우리가 무엇을 했는지, 어떤 이야기를 나누었는지는 아무것도 기억나지 않지만, 그녀였음은 분명했다. 그리고 일주일 쯤 뒤 문자를 받았다. 그녀가 떠나는 길을 배웅하러 와달라는.

알고는 있었다. 그녀에게 무서운 병이 찾아와 어지럽도록 하얗고 적막하던 병원 안에 그녀를 가두었다는 걸. 그럼에도 사실 나는 그녀가 얼마나 아픈지 짐작할 수 없었을 정도로 그녀는 참 많이 씩씩했다. 골수 이식을 해줄 사람을 찾았다고, 성공적으로 수술이 끝났고, 나와 같은 혈액형이 되었다고, 며칠은 열이 나기도 했지만 점점 좋아지고 있다고, 분명 그렇다고 했다. 그래서 난 그녀가 그 병을 이겨낼 것이 당연하다고, 단지 시간이 조금 필요한 것뿐이라고 생각했다. 믿기 어려운 일이 현실에서 뻔뻔하게 일어날 수 있다는 걸 그때는 믿지 않아서 그녀의 상황을, 마음을 헤아리는데 늦어버렸다.

"미래가 어떨지 두렵고 때론 짜증나고 눈물이 나도 매순간 살아 있다는 거 생각하면서 해낼 수 있다는 자신감을 갖길 바래. 살아 있으면 뭔들 못하겠니."

정말 고통스러웠단 수술 후에 내게 건넸던 편지. 아프도록 무섭고 무섭도록 아프던 순간조차 나를 격려하던, 나보다 강한 그녀는 약해빠진 나란 걸 알고 남겨준 이야기였다. 살아가며 참 많은 힘이, 용기가 되었던 편지.

이제 그녀의 메시지가 지금 나와 마주한 당신에게도 부디 용기가 되어주길, 또한 당신이 살아 있음이 얼마나 소중한 것인지 깨닫게 하길 바란다. 그럼 그녀, 하늘에서 무지 으쓱할 테니까.

따뜻한 빛으로 가득한 카페에 앉아 과거를 회고하는 일상이 당연하게 주어지는 것이 아니라는 것, 곁에 있는 사람에 대한 일상적인 관심의 중요성, 결코 무한하지 않은 삶, 그러므로 선물 같은 하루하루. 대단할 것 없는 슬픔의 변명거리. 크고 작은 일들을 바라보는 시선의 변화, 조금은 대담해진 가슴, 행복을 결정하는 가치의 변화. 온통 어둠뿐이었던 그 사건들 속에서 태어난 것들이 이렇게 환하고 따뜻한 것일 줄이야. 아마도 그 감정들을 피워내기 위해 마음에 심어낸 것이 너였기 때문이겠지.

긴 생머리 가발을 쓰고 어색하게 웃어 보인 넌 참 예뻤어.
그해 내가 보았던 모든 사람 중에서 가장.
다시 찾아가지 못해서, 그날이 우리의 영영 이별이게 해서 미안해.
많은 날들 너를 떠올렸다고, 여전히 너의 번호를 저장해두고
인터넷 속 너의 공간을 몰래 찾아가고
네가 나에게 건넨 편지를 찾아 몇 번이고 읽곤 했다고.
이렇게 변명하면서 미안해, 라며 울어버린다면
너는 그때처럼 나는 아무 잘못 없나며 내 편이 되어줄까.

치료 받으면서 두려움도 사라졌어.

너도 미래가 어떨지 두렵고 때론 짜증나고 눈물이 나도

매 순간 살아있다는 거 생각하면서

해낼 수 있다는 자신감 갖길 바래.

살아 있으면 뭔들 못하겠니.

편식 금지

봄이라는 계절은
많은 것들이 시작되는 듯하지만
자연의 섭리란, 시작되는 딱 그만큼을 거두어가고
햇빛 닿지 않는 어느 곳엔
겨울의 잔재가 남아 바람을 일렁이게 해.

그렇지만 어때.
피어나는 것만큼이나 지는 것 또한 아름답고
쓸쓸함을 알기에 따스함을 소중하다 말할 수 있는 걸,
그 무엇 하나 거르고 가질 수 없잖아.

음식도, 감정도, 싫고 좋은 그 무엇까지도
편식 금지.

약한 마음의 아우성

약한 마음의 아우성.
하나하나 토닥거리며 살다가는
제풀에 지치기 십상
때로는 카리스마 있게 제압해버리자.

"야! 시끄러워."

기대해도 좋아요

웃는 만큼 행복해지고
사랑한 만큼 사랑받고
스스로 격려할수록 힘이 난다는 걸

찌푸린 표정으로, 누군가를 미워하다
스스로 엉망진창으로 만들고 만 하루 끝,

그제야 깨닫고 말았다면
기어코 깨닫고 말았다면
내일은 다를 거니까 기대해도 좋아요.

밤의 모퉁이를 꼭 쥐고 있는 불안함을
이제 그만 따뜻한 이불로 덮어달래요.

또 다시 선물 받을 나날들
우린 행복하고야 말거니까
아무 걱정 말고,

잘 자요.

PART4
어른이들의 과제

프로정신

쳇바퀴마냥 반복된 하루의 끝
스스로의 일에 권태로움을 느꼈던 어느 저녁,

토크 쇼에서 한 가수의 이야기를 들었습니다.
신곡을 발표하기 전 자신의 노래를
수 백 번, 수 천 번 반복해 연습하다 보면
나중에는 자기가 부르는 게 노래인지도
잊게 된다고 하더군요.

마찬가지 아닌가요?
똑같은 일이라 할지라도
수 백, 수 천 번 반복해낼 수 있는 것,
오늘 또 하루를 살아낸 우리 모두 역시
이미 프로랍니다.

어떻게 멋지지 않다 할 수 있겠어요.
멋져요! 당신과 나!

주름

조금 힘들 날이었다 해도
너무 찡그리진 말아요.

언젠가 이 모든 것이 어우러져
지금의 당신이 있었다, 하고
이야기할 날이 올 텐데.

그때,
주름 같은 건 싫잖아요.

어린왕자의 별에 피어 난 한 송이의 장미는
우리 안의 어린 마음이 때때로 외면하고 싶어 하는
우리의 삶과 아주 닮아 있더라구요.

까탈스럽고 어려운, 때로는 거짓으로 어린왕자를 속이려하는 장미
까탈스럽고 어려운, 때로는 거짓으로 우리를 속이려하는 우리의 삶

그럼에도 불구하고 이를 지켜려 애쓰는 우리처럼
어린왕자 역시 그 아름다운 꽃을 지키려 노력하지만
결국엔 지쳐 여행을 떠나게 되죠.

여행 중 도착한 곳에서 어린왕자가 마주해야 했던 건
자신이 소중히 여겼던 그 장미와 똑 닮은 천 송이의 장미.
그는 자신이 특별하다 여겼던 장미가
겨우 이중의 하나였음에 슬퍼해요.

마치 우리가 살아가다 수많은 사람 사이에서 스스로의 삶,
그 의미에 대해 의문을 갖게 되는 것처럼 말이에요.

흐느껴 우는 어린왕자에게 여우가 한 말 기억나요?

"넌 그것을 잊으면 안 돼.
너의 장미를 그토록 소중하게 만든 건
그 꽃을 위해 네가 소비한 그 시간이야."

수많은 삶 중 그저 하나인 무의미한 존재였다고
어떤 이들은 그렇게 자신의 삶을 단정 짓지만
우리는 잊어선 안 돼죠.

우리의 삶을 소중하게 만드는 건
사실 더 낫고 못한, 그런 게 아니라
우리가 우리의 삶을 위해 소비한 그 시간
바로 우리가 살아낸 수많은 날이란 것.

알겠죠?
마치 어린왕자의 행성에 피어난,
까탈스럽고 어렵고,
그래서 더욱 아름답다 느껴진 어린왕자의 장미꽃처럼
당신을 힘들게 할지라도 이 세상 가장 아름다운 것은
결국은 당신의 삶이란 것, 잊지 않기로 해요, 우리.

잘났든 못났든
이 세상 가장 아름다운 것은
당신이 살아낸 그 시간들,
결국은 당신의 삶.

제부도의 밤

제부도 겨울 밤바다,
별을 찍던 그때를 기억해.

파랗고 또 하얗게 빛나는 별들이 하늘에 가득해,
어지러이 멀미가 날 정도인데,
아무리 셔터를 누르고 허리를 젖혀 보아도
손에 들린 카메라엔 쉽게 담기지 않던 별들.

시린 손을 마주 비비며 투덜대는 나에게
그렇게 쉽게 허락할 줄 알았느냐며
쉽게 가질 수 없기 때문에 더 아름다운 거라던,
함께한 이의 이야기.

식상하지만 그것은 진리.

쉽게 가질 수 없기에, 더 아름다워.
별도, 사람도, 참 많은 것들이.

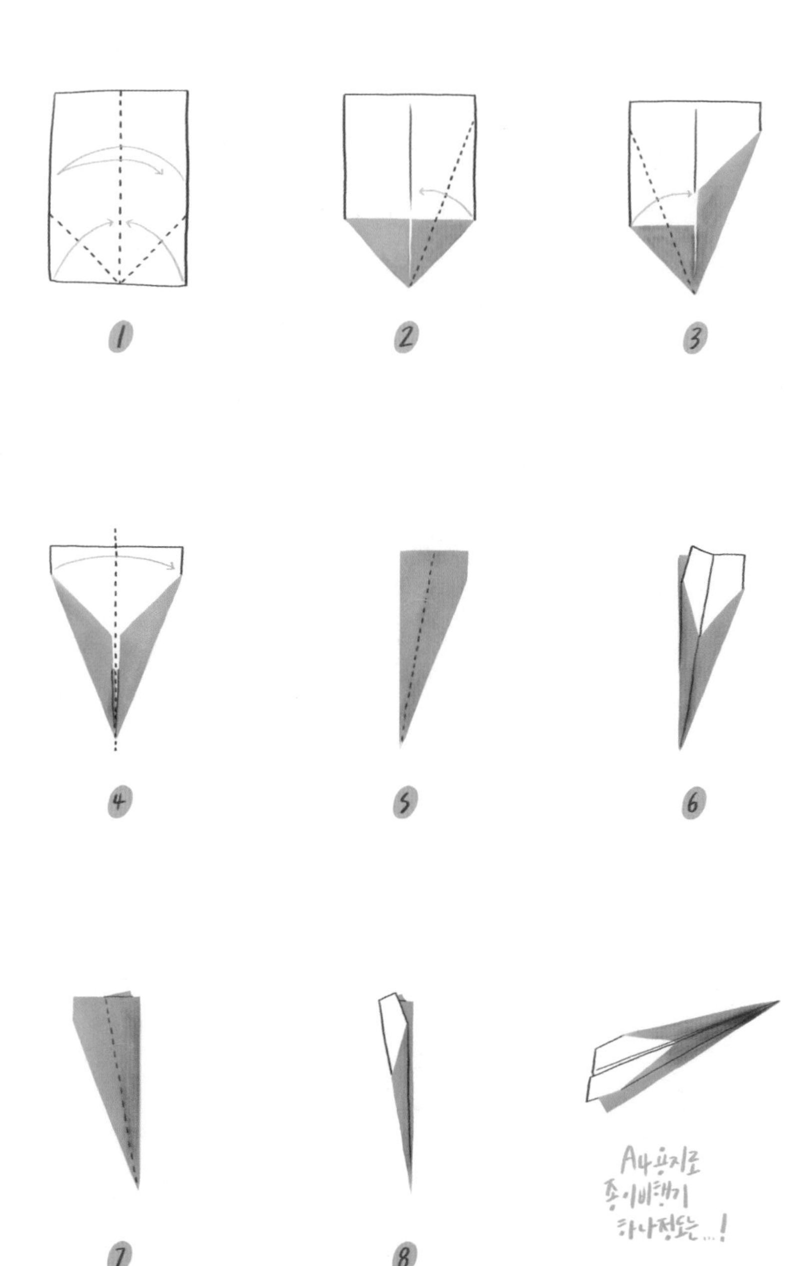
1
2
3
4
5
6
7
8
A4 용지로
종이비행기
하나 정도는...!

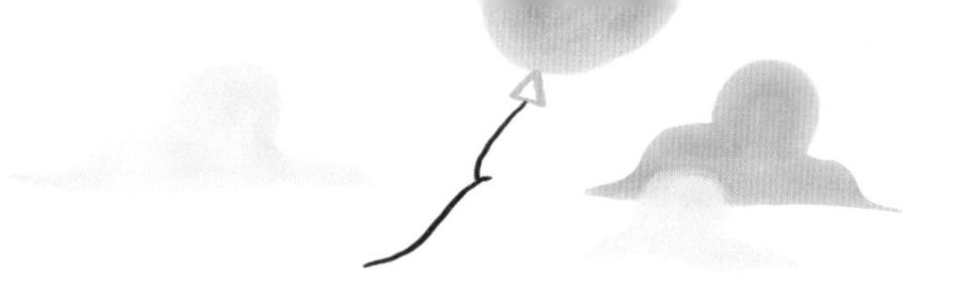

비행기 접기

버릇 같은 외로움도
누군가를 미워해버린 마음도
인정받고 싶단 욕심도
너에 대한 그리움까지도

곁에 머무는 바람결에
고이 접어 맡기고 가벼워지자.

다음 주엔 잘하면 돼

서바이벌 프로그램에서 일찍 탈락한 멤버들이
망연자실한 표정으로 그 자리에 멈춰설 때
그들의 어깨를 다독여주며 건네면
문득 나에게까지 힘이 되었던 유재석의 한마디.

"다음 주에 보자."
"다음 주엔 잘하면 돼."

어쩌면 이게 뭐야, 라고 할 만큼 특별한 무엇 하나 없는 말이지만
또 다시 레이스에 참가하게 될 멤버들만이 들을 수 있는 이야기.
그리고 그들이 레이스를 멈추지 않는 한,
매주 주어질 다음이라는 시간.

우리 역시, 포기하지 않는 삶이기에
언제고 격려 받을 자격이 있다는 것,
또한 우리가 멈추지 않는 한 시도 때도 없이 다가올
다음이라는 기회.

최선을 다했음에도 어쩔 수 없던 일에
나를 구박하지 말 것.
최선을 다하지 못해서 생긴 후회스러운 일에
나를 묶어두지 말 것.

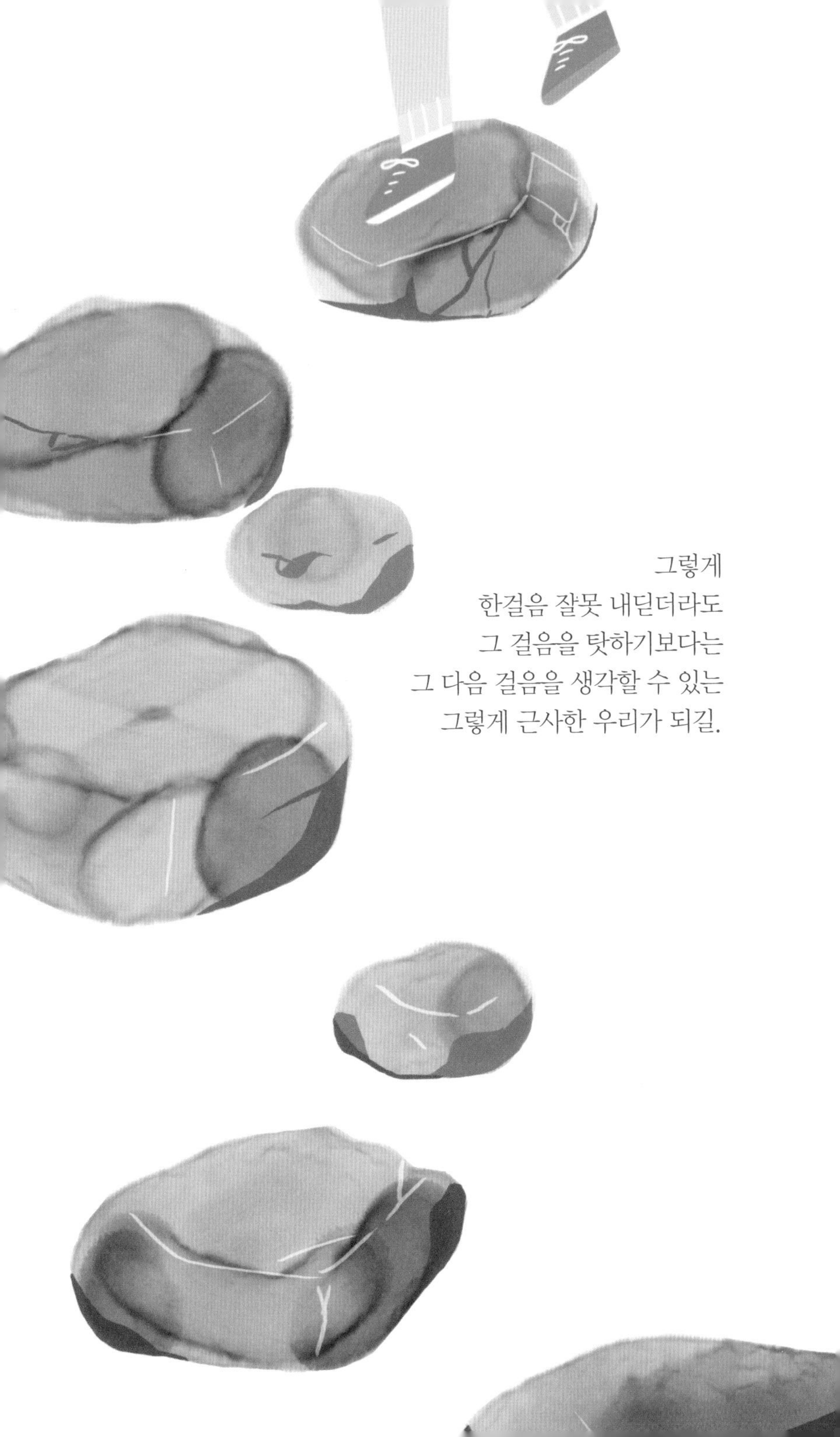

그렇게
한걸음 잘못 내딛더라도
그 걸음을 탓하기보다는
그 다음 걸음을 생각할 수 있는
그렇게 근사한 우리가 되길.

해

못해도 해보면
몰라도 해보면
싫어도 해보면

다 내가 해낸 게 되는 거야.

무언가를 얻는다는 것은
그 무언가를 잃어버릴 용기가
있을 때에야 가능한 일이래요.

복잡하게 얽힌 길의 갈래갈래에,
혹은 앞을 가늠할 수 없는 어느 길 위에서
무언가를 잃어버릴까, 놓치고 말까
너무 두려워하지 말아요.

당신이 두 발로 디디고 있는 이 땅만은,
오늘이라는 시간만은
너무나도 분명하게 존재하니까,

이미 그렇게나 소중한 것을
매일 안고 서 있는 당신이니까.

어른들의 과제

아이들은 달리다 넘어졌을 때의 아픔을 계산해가며
뛰어 노는 즐거움을 포기하진 않는다 한다.

넘어지면 그만,
실컷 아픔을 느끼며
세상 떠나갈 듯 울어버리곤
흉터가 남을지도 모른단 걱정은커녕
이내 무슨 일이 있었냐는 듯 방긋.

그런데 언제부터일까.
차라리 즐거움을 포기하며
넘어지지 않도록 두드리고 두드리며 걸어온 게.

아프지 않기를 비라는 마음은 사람에게까지도 거리를 두고
누가 보지도 않는 흉터는 트라우마란 이름으로 간직되는 나날들

어린 시절, 그때보다 호기로운 척 어깨는 꼿꼿한데
그 안의 용기는 꺼질 듯 가녀린 지금

아이들의 단순함을 닮는 것,
그것이 어른이 되어버린 사람들의 과제.

큰일이야?

큰일이야!!
코 옆에 뾰루지가 났어!

큰일이야!!
저녁에 마신 커피에
잠이 오질 않아!

큰일이야!!
입가 주름이 더 깊어졌어!

큰일이야!
지갑을 잃어버렸어!

당신의 큰일이 이런 것들이라
나는 너무 다행이에요.

열정과 냉정사이

밤의 끄적임을
아침엔 지워버리고 마는 것처럼

마음은 늘 앞서나가고
그것을 토닥이는 건 머리.

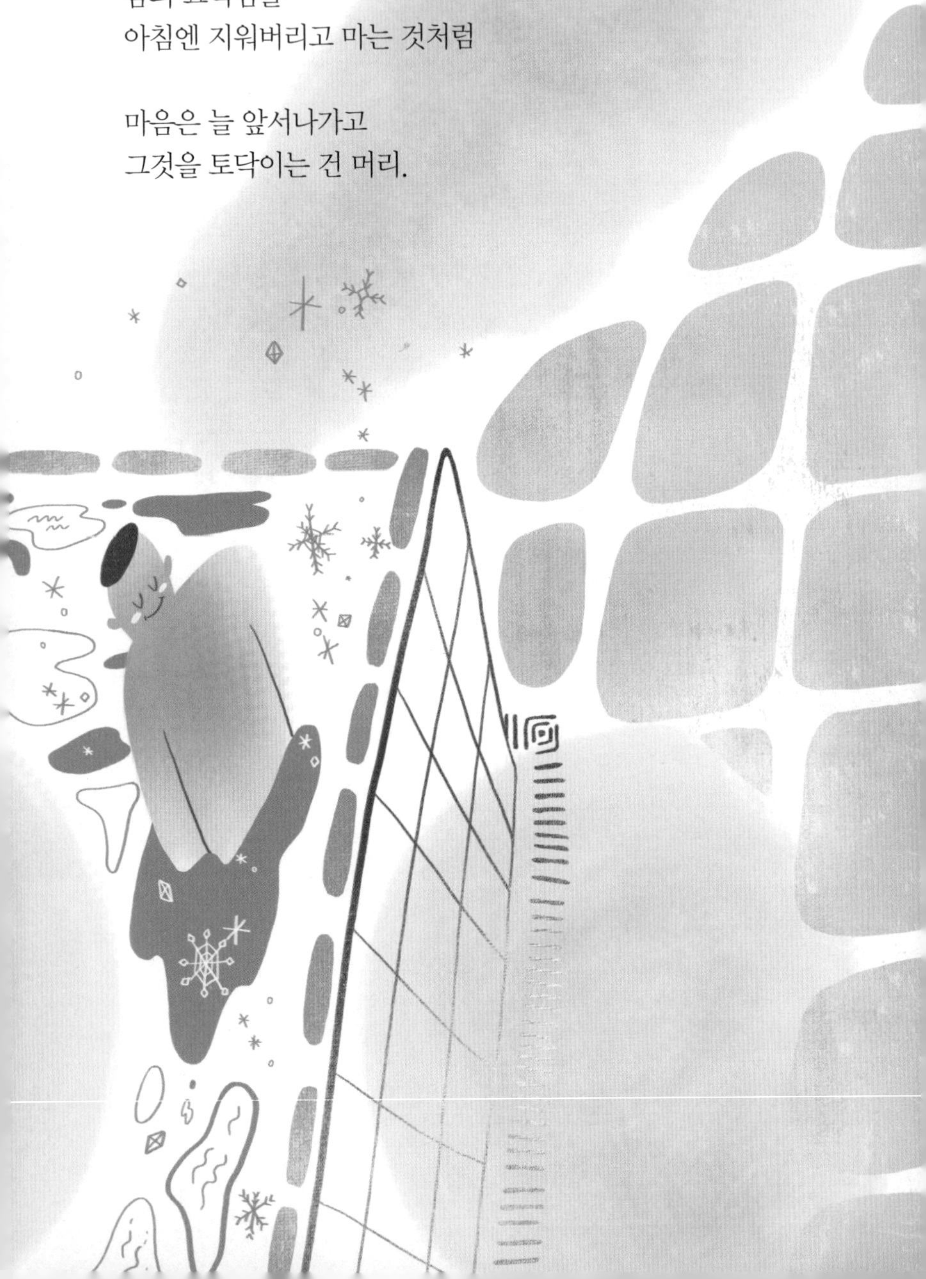

문득 생각난 한낮의 기억에
잠들기 전 이불 속 발차기를 하고 있다면

당신의 감성, 당신의 이성도
역시 무사하다는 증거.

건강하시군요!

당연하지 않은 고요

열여섯이었던가, 열일곱이었던가. 교복을 입고 친구들과 함께 지하철을 타고 있었다. 한 할아버지가 문 옆에 기대 재잘대던 우리를 자꾸만 바라보다 큰 소리로 외치는 게 아닌가.
"너네는 행복한 줄 알아야 해!"

갑작스러운 외침에 우리는 일제히 이야기를 멈추고 겁이나 잔뜩 주눅이 들었더랬다. 그는 그런 우리를 아랑곳 않고 당신의 이야기를 이었다. 당신은 우리 나이에 전쟁터로 나아가야 했고 원치 않게 총을 잡아야 했고 죽는 게 무서워 피 흘리는 친구들을 외면하고 뛸 수밖에 없었다고. 품고 있던 노트 한권을 꺼내 보이며 이제야 그 친구들 이름 석자를 쓸 수 있게 되었다며, 이것 좀 보라던, 울먹이던 목소리.

그때는 어렸던 마음에 말을 걸어오는 당신이 낯설었고, 당신의 이야기는 무섭기만 했다. 하지만 시간이 지나면 지날수록 선명해지는 당신의 음성, 그 끝에서 피어오른 감정이란 감사하고 아프고 죄송스럽다는 것. 당신의 기억이 이제 더 이상 아프지 않기를, 당신의 오늘은 부디 평안하기를, 그리고 다시는 세상에 그런 비극의 역사가 쓰여 지지 않기를.

지금도 나라를 지키고 있을
당신 친구, 동생, 선배, 아저씨, 아줌마
혹은 아들, 딸, 손주놈에게 써보는 감사편지